KB114629

연기의 신

GOD OF ACTING

PRODUCTION
DIRECTOR
CAMERA
DATE      SCENE      TAKE

# 연기의 신 6
## 서산화 장편소설

초판 1쇄 찍은 날 § 2016년 6월 9일
초판 1쇄 펴낸 날 § 2016년 6월 16일

지은이 § 서산화
펴낸이 § 서경석

편집책임 § 조현우

펴낸곳 § 도서출판 청어람
등록번호 § 제387-1999-000006호
등록일자 § 1999. 5. 31
어람번호 § 제1-2454호

주소 § 경기도 부천시 원미구 부일로 483번길 40 서경B/D 3F (우) 14640
전화 § 032-656-4452  팩스 § 032-656-4453
http://www.chungeoram.com
E-mail § chungeorambook@daum.net

ⓒ 서산화, 2016

ISBN 979-11-04-90839-2 04810
ISBN 979-11-04-90645-9 (세트)

# 연기의 신

FUSION FANTASTIC STORY

서산화 장편소설

**6**

GOD OF ACTING

PRODUCTION

DIRECTOR

CAMERA

DATE　　　SCENE　　　TAKE

도서출판  청어람

연기의 신

FUSION FANTASTIC STORY

GOD OF ACTING

PRODUCTION
DIRECTOR
CAMERA
DATE | SCENE | TAKE

# 목차

# 1장

## 역습

이도원, 정성우, 오준식, 심재빈이 카메라가 비추는 공간으로 들어갔다. 그러자 유태일 감독은 콘티를 들고 와서 배우들에게 촬영 방식을 설명했다.

　"도원이 중심으로 카메라가 따라붙으면서 롱 테이크 촬영을 할 생각이다. 특별한 조명이나 반사판 없이 자연스럽게 움직일 거야."

　"알겠습니다."

　이도원이 고개를 끄덕였다.

　'무기상' 역할의 보조 출연자들은 하나같이 뺀질뺀질한 얼굴과 태도로 자신들의 위치에 서 있었다.

이내 모니터가 있는 곳으로 돌아간 유태일 감독은 예리한 눈빛으로 현장을 훑으며 지시를 내렸다.

"갑니다. 카메라 롤."

그 말에 따라 카메라가 작동하고, 스크립터가 몸을 숨기며 화면 안으로 슬레이트를 쳤다.

"씬 2의 1."

슬레이트가 화면에서 자취를 감추자 유태일 감독이 배우들에게 신호했다.

"레디, 액션!"

동시에 이도원과 카메라가 움직였다. 그러자 정성우, 오준식, 심재빈이 뒤따랐다. 비좁은 통로에 기대어 선 보조 출연자들을 눈길 한 번 안 주고 지나친 이도원이 복도 끝 쪽방의 문을 열었다.

안에는 무기상 역할의 단역이 기다리고 있었다. 그는 똑바로 연기할 생각이 없는지 대본과는 다르게, 웃음기가 밴 표정으로 고개를 들었다.

"당신이 소문이 자자한 거물 나리신가? 빵에서도 대장 노릇을 했다지?"

이도원은 비꼬려는 의도가 다분한 말에 반응하지 않고 얼음장 같은 표정과 눈빛으로 빤히 응시했다. 아무 감정도 없는 얼굴을 마주하고 있던 단역의 표정에서 웃음기가 가셨다. 그리고 그때서야 이도원이 걸음을 움직여 다가갔다.

'뭐야?'

대본에는 어떤 대사도 없었기 때문에 단역은 당황했다. 마치 주먹을 한 대 먹일 듯 거침없이 다가온 이도원이 등 뒤로 손을 까딱였다.

그러자 오준식이 몇 걸음 다가와서 말했다.

"대장은 농담 따먹기나 하려고 이런 쾌쾌하고 지저분한 소굴로 기어들어온 게 아니다. 물건이나 보여줘."

단역은 이도원을 마주 보다가 눈을 깔았다. 이미 배역에 깊숙이 몰입한 그의 감정 없는 눈빛은 배우가 아닌, 끔찍한 인생을 견디고 살아온 범죄자의 것이었다.

잔뜩 위축된 단역이 대사를 더듬었다.

"도, 돈은?"

이도원이 손뼉을 치자 정성우가 묵직한 돈 가방을 들고 나와서 책상 위에 올려두었다.

쿵, 소리와 함께 단역이 상체를 뒤로 물렸다. 그는 돈 가방의 지퍼를 열어 내용물을 확인하는 체 한 뒤 크게 외쳤다.

"물건 가져와!"

머릿속으로는 엔지를 낼 타이밍을 재고 있었다. 엔지 내는 걸 성공할 때마다 출연료의 세 배를 받기로 했던 것이다. 반면 티 안 나게 엔지를 내야만 여러 번 돈을 챙길 수 있었기 때문에 대놓고 난장을 피울 수는 없었다.

한편 이도원 역시 눈앞의 단역배우를 살피며 그들 사이에 약속된 규칙을 분석하고 있었다. 그걸 알아야만 촬영을 방해하려는 수작을 막을 수 있었다.

'이전에도, 지금도 대놓고 방해를 하진 않는다. 저들이 원하는 건 교묘하게 촬영을 지연시키는 거야.'

생각이 미친 이도원은 문득 깨달았다.

'단순한 일반인이 아니다. 엔지를 낼 타이밍을 재고 있어. 섭외 업체 오디션을 봐야 하는 단역들은 배우, 보조 출연자들만 일반인이다.'

이도원이 이렇게 생각을 하는 이유는 간단했다. 상대 입장에서도 노골적으로 방해 공작을 펼치면 유태일 감독 쪽에서 단역과 보조 출연자들을 고소하고, 내막을 파헤쳐서 언론에 알리는 등 일을 크게 만들 수도 있었기 때문이다. 이는 단역과 보조 출연자들이 모두 고용된 입장일 뿐 레드 엔터테인먼트와 특별한 유대가 없다는 뜻이기도 했다.

'잘하면 뒤집을 수도 있겠어.'

곧 보조 출연자 하나가 총기류가 담긴 가방을 가져와서 건넸다. 그러자 건네받은 심재빈이 가방을 땅에 두고 총을 꺼내어 일일이 상태를 확인했다.

"맞습니다."

고개를 끄덕인 이도원이 가방에서 권총 하나를 꺼내서 탄창을 조립하고 이리저리 살펴보았다.

앞에 있던 단역이 초조한 얼굴로 물었다.

"빵에서 계철이를 잘 보살펴주었다고 들어서 믿고 거래한 거요. 잘 들어요. 괜히 물건 함부로 썼다가 여기까지 피해가 오면 그땐 죽었다고 생각하시오."

순간 이도원이 권총을 단역의 이마에 겨눴다.

"이, 이게 무슨 짓이오?"

그가 묻자 이도원은 동료들에게 눈짓하는 걸로 대답을 대신했다. 이도원의 냉철하게 가라앉은 눈빛은 그가 미리 생각해 두었던 상황이란 것을 알 수 있게끔 했다.

정성우, 오준식, 심재빈이 총을 하나씩 챙겨 들고 정해진 동선대로 움직였다. 정성우는 총기 가방을 내온 보조 출연자에게 기관총을 들이밀며 위협했고, 오준식과 심재빈은 방문을 잠그고 양쪽으로 섰다.

순식간에 제압당한 채 방 안까지 봉쇄당한 이때, 단역은 속으로 엔지 타이밍이 왔음을 직감했다.

'그럼 어디……'

그때 이도원의 나직한 음성이 들려왔다.

"이 장면을, 네가 처맞는 장면으로 바꿔주면 엔지를 안 내

겠나?"

이도원은 어차피 대사가 없는 역할이었기 때문에 특별히 붐 오퍼레이터가 붙어 있지 않았다. 혹시라도 숨소리에 섞인 음성이 걸려서도 안 되기 때문에 오디오 민감도도 낮춘 상태였다. 따라서 다른 배우들은 호흡을 섞여 조금 큰 목소리로 연기를 하고 있는 반면에, 이도원의 속삭임은 오디오에 걸리지 않을 수 있었다.

막 엔지를 내려던 단역만이 주춤했다.

'이거, 완전 꼴통이야.'

단역은 확신했다. 협박하는 이도원의 눈빛이 예사롭지 않았기 때문이다.

만약 주연인 이도원이 단역을 괴롭히고자 마음먹고 촬영이 계속된다면 정말 다양한 방법을 동원할 수 있었다. 이도원은 현장에서 그만큼의 힘이 있었다. 그렇다고 단역이 중간에 때려 치우면 어차피 돈을 못 받는다. 심지어 출연료마저도 건질 수가 없는 것이다.

'엿 됐군.'

단역은 결국 진심을 다해 대사를 쳤다.

"나한테 이러고도 무사할 것 같나?"

내심, 하고 싶은 말이기도 했다.

엔지를 내는 걸 단념한 단역이 대사를 이어나갔다.

"밖에는 열 명 넘는 부하들이 무장하고 있다. 날 순순히 놓아준다면 목숨만은 살려 보내주마. 그러니 괜히 어리석은 짓하지 말고, 돈과 물건만 두고 가라."

심재빈이 눈살을 찌푸리며 말했다.

"개새끼. 대장 말이 맞았어요. 놈들은 어차피 물건을 넘길 생각이 없었어요."

그는 분노를 참지 못하고 k-1 소총의 방아쇠를 당겼다. 순간 번쩍거리면서 총성이 터졌다.

단역을 잡고 있던 이도원이 손에 힘을 꾹 주었다. 그러자 마치 진동 스위치를 누른 듯, 단역은 경련하며 주저앉았다.

'연기 잘하네.'

이도원은 내심 웃었지만 겉으로는 일순 놀란 얼굴을 했다. 심재빈을 제외한 다른 동료들의 표정도 크게 다르지 않았다.

정성우가 심재빈에게 외쳤다.

"미친 새끼! 무슨 짓이야?"

심재빈이 광기로 번들거리는 눈으로 대답했다.

"저 새끼가 우릴 속이려고 했어요. 속이려고 했다고요."

"진정해라. 총 내려놓고."

오준식이 말했지만 심재빈은 좀체 진정하지 못했다.

"우릴 죽일 생각이었을 거라고요. 그래서 쏜 거예요. 왜 나한테 그러는 거예요? 저 새끼가 자초한 일이라고!"

심재빈과 정성우가 서로 총을 겨누었다.

팽팽한 긴장감이 조성됐다.

정성우는 욕지거리를 뱉었다.

"또라이 새끼. 내가 저 새끼 사고 칠 줄 알았어."

곁에 다가온 이도원이 정성우의 총구를 손으로 내렸다.

그러자 심재빈이 기쁜 표정을 지었다.

"역시 대장도 같은 생각이죠?"

이도원은 무표정한 얼굴로 다가가더니 심재빈의 총구를 잡아 젖히고 주먹으로 얼굴을 가격했다. 그러자 심재빈이 나가떨어졌다. 간단히 총을 빼앗은 이도원은 쓰러져 있는 심재빈의 머리통에 총구를 겨눴다.

"대장!"

오준식이 달려와 이도원을 말렸다.

"지금 시체를 늘릴 때가 아닙니다. 일단 여기서 나가야죠."

이도원은 손가락으로 심재빈을 겨누며 목을 긋는 시늉을 했다. 그리고 나서 총을 반대로 쥐고 돌려주었다.

그 모습에 안도의 한숨을 쉰 오준식이 돈 가방을 챙기며 심재빈에게 말했다.

"또 허튼 짓을 했다간 죽은 목숨이다. 여기서 나가거든 팀에서 빠져."

심재빈은 바닥에 침을 뱉고 대답했다.

"알겠다고요. 제가 앞장서죠."

정성우도 총기 가방을 멨다.

그러자 심재빈이 문을 발로 차서 열며 방아쇠를 당겼다.

실내를 울리는 시끄러운 총성과 섬광을 비집으며 유태일 감독의 목소리가 들려왔다.

"컷!"

한편 유태일 감독 옆에서 현장을 지켜보던 김진우는 속으로 의문이 들었다.

'왜 저놈들이 방해 공작을 하지 않는 거지?'

김진우의 촬영에서 엔지가 났다. 그 후 충격적인 사실을 알게 되며 정신을 추스르는 시간이 필요했고, 이도원이 먼저 촬영을 한 것이다. 이번에도 당연히 엔지가 날 거라고 생각했는데 이도원은 훌륭히 촬영을 마쳤다. 어디서도 단역이나 보조 출연자들의 의도적인 실수를 찾을 수 없었다.

방금 장면을 돌려본 유태일 감독은 고개를 끄덕이며 말했다.

"오케이! 다들 와서 확인해 봐."

이도원과 정성우, 오준식, 심재빈, 그리고 단역배우가 나란히 와서 촬영 분을 모니터링했다. 꽤 흡족한 장면이 나온 상태였다. 단역배우에게 고개를 돌린 이도원이 조용한 목소리로 말했다.

"다른 보조 출연자분들도 설득해 주십시오."

그리고 이번에는 유태일 감독에게 건의했다.

"감독님. 부탁드릴 게 있습니다. 오늘 인솔을 맡은 정윤복 차장과 엑스트라 반장을 돌려보내 주십시오."

유태일 감독은 고개를 끄덕였다.

"알겠다."

빙그레 웃은 이도원은 단역배우에게 시선을 고정시킨 채로 말했다.

"이분은 현장 경험이 풍부한 편인 것 같습니다. 그러니 엑스트라 반장이 했던 일을 그대로 맡으면 될 것 같습니다. 보조 출연자들을 통솔해 줄 사람은 필요하니까요. 대신 반장 임금까지 지불하면 어떨까요?"

유태일 감독이 피식 웃었다.

"여우 같은 녀석."

그는 단역배우를 보며 물었다.

"어떻게 하겠습니까? 이대로 집으로 돌아가는 것과 남아서 좀 더 적극적으로 촬영을 돕고, 합당한 임금을 받아 가는 것. 둘 중 선택하십시오."

단역배우 입장에선 당연히 생각해 볼 것도 없는 질문이었다. 그는 깊이 고개를 숙이며 대답했다.

"죄송합니다. 의도적으로 방해했던 것, 정말 죄송합니다."

유태일 감독이 단역배우의 등을 두드렸다.

"잘 선택한 겁니다. 난 앞으로도 계속 영화를 찍을 테고, 당신도 계속 배우를 할 생각이 아닙니까? 레드 엔터에서 출연료의 몇 배를 주고, 단역이나 조연으로 출연 기회를 우선적으로 주겠다는 약속을 받았겠지만 당신을 기용해 줄 감독이 없다면 아무 소용없습니다. 일전의 악질적인 행동을 다른 감독들에게 알리면, 다시는 영화판에 들어올 수 없었을 겁니다."

유태일 감독은 청산유수로 말했다. 이도원뿐 아니라 유태일 감독 역시 레드 엔터에서 무슨 조건으로 방해꾼을 섭외했을지 생각하고, 약점을 파악해서 상황을 뒤집을 생각을 하고 있었던 것이다.

'누가 여우인지.'

이도원은 고개를 저었다.

만면에 미소를 띤 유태일 감독이 배우들에게 말했다.

"이번에 포커스로 들어갔던 도원이는 잠시 나와 있고, 다른 배우들 좀 찍겠습니다."

정성우, 오준식, 심재빈, 그리고 단역배우가 움직일 차례였다. 이도원도 자신이 걸리는 컷에서는 잠깐잠깐 현장에 들어가야 했지만, 일단은 휴식 시간이 생긴 셈이었다.

스태프들이 준비를 하는 동안 유태일 감독이 말을 걸었다.

"이대로 당하고만 있을 수는 없지?"

"물론이죠. 감독님도 그렇겠지만 저도 꽤 화가 나거든요."

차가운 표정으로 대답한 이도원이 말을 이었다.

"이번 방해 공작에 대해 정식으로 항의할 겁니다. 감독님도 힘을 실어주십시오."

유태일 감독은 고개를 끄덕였다.

"방해꾼으로 섭외된 사람이 많으니까 충분히 문제를 제기할 수 있다. 하지만 캐스팅 디렉터까지만 잘못을 시인하게 만들 수 있을 거야. 레드 엔터테인먼트를 끄집어 낼 수는 없을 거다."

이도원이 미미하게 웃었다.

"지금까지 쌓아온 제 신뢰를 누릴 생각이에요. 생각보다 제가 가진 파급력이 크다는 걸 일깨워 줄 겁니다. 상대는 저를 과소평가하고 있죠. 감히 선빵을 날릴 수 없다고 방심하고 있어요. 그래서 터뜨려 줄 겁니다. 사건이 단순 의혹으로 끝나더라도, 경고 사격 정도는 되지 않겠어요?"

"정말 넌 적이 되고 싶지 않은 녀석이다."

유태일 감독은 이도원의 발 빠른 대응에 감탄했다. 말도 안 되는 이야기지만 이도원은 마치 산전수전 다 겪고 이겨낸 사람처럼 대단히 굳건한 심지를 갖고 있었다.

물론 이도원 입장에선 말이 되는 이야기였다.

'한순간에 목소리를 잃어도 봤는데 이 정도쯤이야.'

당시에는 장애가 생긴 것보다 연기를 마음껏 할 수 없다는 사실이 큰 아픔으로 다가왔다. 심지어 무성극이라는 해답을 찾은 후에도 공연이 없는 날마다 무기력증과 우울증에 시달렸었다.

무거운 표정으로 생각에 잠겨 있는 이도원에게서 눈을 돌린 유태일 감독이 캐스팅 디렉터 정윤복 차장과 엑스트라 반장에게 다가가서 무언가 이야길 나눴다. 대화가 끝났을 때 정윤복과 엑스트라 반장은 얼굴을 붉히며 현장을 떠났다. 두 사람을 추방한 유태일 감독은 아무렇지 않은 표정으로 돌아와서 촬영을 재개했다.

"많이 지체됐습니다. 다들 발 빠르게 움직여요."

그가 독려하자 스태프들은 한층 기민하게 촬영에 임했다. 정성우, 오준식, 심재빈의 촬영 분을 모두 찍을 동안 이도원의 시선은 현장에 머물러 있었지만 마음은 콩밭에 가 있었다.

'돌아가는 상황이 심상치 않아. 더 이상 레드 엔터와 마찰을 피할 수 없다. 누가 끝장나든 승부를 봐야 해.'

이도원은 스윽 눈을 감았다 떴다.


\*　　　　\*　　　　\*


날이 저물 때쯤 김진우의 촬영 분이 다시 시작됐다. 범죄 현장을 보며 도대체 무슨 일이 있었던 것인지 분석하는 장면이었다.

당일 분량이 마무리되어갈 때쯤 조연출과 각 분야 감독을 데리고 스태프 회의를 한 유태일 감독이 산 아래쪽을 바라보며 입을 열었다.

"도원이 일당. 혹시 서울로 이동하는 대로 바로 이어서 촬영할 수 있겠어?"

철야를 넘어 이틀 내리 촬영을 하자고 제안하고 있었다. 방해꾼이 있다는 사실만으로도 불안요소가 늘어난 상황이기 때문에 촬영 일정을 최대한 바짝 끌어당기려는 속셈이었다. 그래야만 무슨 일이 일어나도 대처할 만한 시간적 여유가 생긴다.

사정을 잘 아는 이도원은 정성우, 오준식, 심재빈에게 시선을 던졌다. 세 사람이 어느 안전이라고 거절을 할 수 있을 리만무했다.

정성우가 피식 웃으며 대답했다.

"미래의 기획사 대표님이신데, 난 당연히 오케이. 예쁨 받아야지."

오준식 역시 고개를 끄덕였다.

"전에도 말했다시피 전 대표님이 가는 곳이라면 어디든 갑니다. 그때는 매니저고 지금은 소속 배우지만 제 마음은 똑같습니다."

그동안 오준식과 많이 친해진 심재빈이 혀를 내밀며 장난을 쳤다.

"우와, 선배. 완전 오그라드는데요? 여러 선배님들도 피로를 잊고 촬영하시겠다는데 가장 영한 막내가 뺄 수는 없죠. 가장 앞장서서 겸손한 자세로 모시겠습니다!"

그 너스레를 보며 오준식이 고개를 저었다.

"네가 더 호들갑인 것 같은데?"

세 사람에게서 적극적인 대답이 돌아오자 마음이 든든해진 이도원은 시익 웃으며 유태일 감독에게 말했다.

"그렇다는데요?"

"소속 배우들을 잘 뒀어."

유태일 감독이 감탄하자 이도원도 지지 않고 말했다.

"배우야 분량 있을 때만 고생하면 되지만, 스태프들은 워커홀릭인 감독님 촬영 스케줄을 전부 소화해야 되잖아요? 아무나 못 한다고요."

유태일 감독이 잠깐 말문이 막힌 사이, 입에 펜을 물고 콘티를 들여다보던 조연출이 고개를 들며 동의했다.

"그러니까요. 그나마 선배님이 막힘없이 찍으시니까 지치지 않고 촬영하는 겁니다. 흐름이 뚝뚝 끊기면 현장이 고통에 물들죠. 반대로 촬영이 물 흐르듯 자연스럽게 이어지면 절로 흥이 납니다. 이래서 연출을 잘 만나야 해요. 배우도 그렇지 않나요?"

이도원 역시 맞장구를 쳤다.

"전 운이 좋아서 연출력이 좋은 감독님들과 작업했지만 확실히 유 감독님 촬영 때가 경쾌한 맛이 있어요."

유태일 감독이 빙긋 웃으며 눈을 흘겼다.

"〈시간아! 돌아와〉정 피디님이나 영기 선배도 나랑 비슷한 스타일인데, 뭘."

"아닙니다. 〈시돌〉이나 〈투사〉도 스타일은 좀 다르시더라고요."

이도원이 대답했다.

솔직히 말하면 〈투사〉 촬영은 좀 고루한 느낌이었다.

반면 〈시간아! 돌아와〉는 유들유들한 분위기였다.

이 두 가지 방식의 장점만 적절히 섞인 현장 분위기를 연출하는 능력을 가진 사람이 바로 유태일 감독이었다.

"어쨌든 전 감독님 현장이 가장 잘 맞습니다."

이도원의 말에 유태일 감독이 피식 웃었다.

"영광이군."

그사이 현장 철수 작업이 거의 완수되었다.

김진우는 아직도 분한지 혼자 떨어져서 진지한 표정을 짓고 있다가 불쑥 말했다.

"먼저 가보겠습니다."

대충 인사를 나눈 김진우는 밴을 타고 현장을 떠났다.

그 모습을 보며 나직이 한숨을 쉰 유태일 감독이 화제를 돌렸다.

"내 동생이 네 안부를 매일같이 전화로 묻는 통에 영 귀찮다. 시간 되면 현장 놀러 온다고, 그전에 싸인 하나만 받아달라고 하더라."

"얼마든지요."

이도원의 시선도 김진우의 밴에 머물러 있었다.

"설마 무슨 짓을 저지르는 건 아니겠죠? 촬영에 지장을 줄 만한……."

유태일 감독은 고개를 저었다.

"혼자서는 할 수 있는 게 없을 거야. 그 사실이 더 자존심 상하고 열이 받는 거겠지. 그나저나 이로빈 대표가 너까지 싸잡아서 공격하려고 작정한 것 같은데, 어쩔 생각이야?"

"이로빈 대표 혼자 하는 일이 아니에요. 김봉민 의원, 차기열 회장까지 뒤에서 개입하고 있는 것 같습니다. 한방에 무너트릴 수는 없는 상대니까 잽을 날리면서 상대의 움직임을 먼저 파악할 생각이에요."

"나도 거들지."

그렇게 말한 유태일 감독이 덧붙였다.

"내 영화를 전쟁터로 삼은 것 자체가 불쾌하거든."

이도원은 고개를 끄덕였다.

"알겠습니다."

곰곰이 생각하던 그가 부탁했다.

"말이 나왔으니, 제작 발표회 일정을 예정보다 앞당겨 주셨으면 합니다. 제작 발표회가 시작되면 제가 이번 방해 공작에 대해 공개하면서 스타트를 끊을 겁니다. 그때 있었던 일을 그대로 말씀해 주십시오."

"알겠다. 타이밍은 내가 알아서 잡도록 하지."

두 사람은 합의를 본 후 현장을 옮겼다.

*      *      *

다음 촬영은 서울시 강남구 청담동의 한 고급 레스토랑에서 진행됐다. 이른 아침이었지만 실내 촬영이기 때문에 저녁처럼 분위기를 조성할 수 있었다.

이도원을 비롯한 정성우, 오준식, 심재빈은 깔끔한 정장으로 갈아입고 분장을 받았다. 번듯하고 훤칠한 모습의 남자들이 레스토랑에 둘러앉자 그림이 멋들어졌다.

유태일 감독은 고개를 끄덕이며 조연출에게 물었다.

"박아현과 단역 여배우는?"

"도착했습니다."

조연출이 고갯짓을 했다.

레스토랑 한쪽에 꾸며둔 분장실에서 두 명의 여배우가 나왔다. 한 명은 박아현이었고, 다른 한 명은 연출부에서 오디션을 통해 뽑은 단역이었다. 또한 박아현의 역할과는 달리 이번 장면만 등장한다.

박아현이 오준식과 나란히 앉고, 단역 여배우가 정성우 곁에 착석하자 유태일 감독이 입을 열었다.

"콘티대로 가겠습니다. 카메라 잘 잡아야 됩니다. 애틋한 부부 두 커플과 화목한 분위기, 행복한 가정을 일군 동료들을 보며 남몰래 고독한 기분을 느끼는 도원이, 시간이 흐르고 일전 일로 불만을 토로하는 재빈이 때문에 급격히 고조되는 긴장감까지… 롱 테이크 촬영이니까 스태프와 배우의 호흡이 중요해요."

유태일 감독은 다른 때보다 더 신신당부했다. 배우와 스태프 모두 피로와 싸우느라 집중력이 떨어진 상태였기 때문이다.

"갑니다. 카메라 롤."

유태일 감독의 지시에 스크립터가 슬레이트를 치고 빠졌다.

"레디, 액션."

마침내 신호가 떨어졌다.

코스 메뉴와 와인이 함께하는 저녁 식사였다. 호화로운 분위기 속에서 오준식이 박아현을 챙기며 애정 어린 대화를 나누었다. 정성우와 단역 여배우 역시 다르지 않은 모습이었다. 가운데 상석에서 서로를 사랑스러운 눈빛으로 바라보는 그들을 관망하는 이도원의 눈빛에 괴로움이 묻어났다.

이도원은 두 부부와 눈이 마주칠 때마다 웃음을 띠었지만 시선에는 고독과 부러운 감정이 뒤섞여 있었다. 표정 외에도 붐 오퍼레이터가 카메라 아래로 마이크를 대며 침 삼키는 소리, 숨소리 하나하나 놓치지 않았다. 느릿하게 스테이크를 썰어 입안에 넣고, 씹고, 삼키는 과정이 마치 씁쓸한 기분에 입맛을 다시는 것처럼 자연스럽게 감정을 전달했다. 경박하지 않고 절제된 감정 표현이었다.

그때 오준식이 물었다.

"그나저나 대장은 언제 결혼할 거예요? 남자에게 사랑하는 아내가 있다는 건 인생의 중심이 생긴다는 뜻입니다."

정성우는 고개를 끄덕이며 입꼬리를 말아 올렸다.

"맞습니다, 대장. 제수씨 덕분에 중심이 생겨서 저 도박꾼이 목이 잘려야만 끊을 수 있다는 도박을 다 끊었잖아요? 가정은 필요하다고요."

이도원은 미소 지으며 고개를 끄덕였다. 그 씁쓸한 표정을 본 심재빈이 끼어들며 물었다.

"행복한 가정을 가져본 적이 없으니 겁이 나는 것 아닙니까?"

훈훈하던 공기가 차갑게 얼어붙었다.

모두의 시선을 받은 심재빈은 입가에 난 상처 분장을 만지며 삐딱하게 앉아 말했다.

"그렇잖아요? 말이야 바른 말이지, 우리 같은 사람들이 가정을 가진다는 게……."

정성우가 식탁을 치며 말을 잘랐다.

"닥쳐, 무슨 짓이야?"

오준식은 물로 입을 헹구고 심재빈을 빤히 응시하며 말했다.

"아까 일 때문에 억하심정이 남은 거겠지. 하지만 네가 이런 식으로 나오면 우린 다른 길을 갈 수밖에 없어."

이도원은 차가운 표정으로 숟갈을 들어 와인 잔을 두드렸다. 맑은 소리가 울려 퍼지자 모두의 시선이 그에게로 향했다. 모두 주목시킨 이도원은 오준식과 정성우를 차례로 보며 고개를 저었다.

그 말뜻을 알아들은 오준식이 눈치껏 몸을 일으켰다.

"가자고."

박아현은 냅킨으로 입가를 닦으며 심재빈을 쏘아보았다. 잠시 후 일어난 그녀가 드레스 밖으로 드러난 가슴골을 가리고 가볍게 허리를 숙이며 이도원에게 인사를 했다.

"항상 감사드려요. 앞으로도 이이를 안전하게 보살펴주세요."

"세상에 안전한 일이 어디 있어?"

그렇게 말한 오준식이 박아현의 어깨를 감싸며 덧붙였다.

"가자."

"알겠어요, 여보."

그녀는 정성우와 단역 여배우에게도 인사를 한 뒤 자리를 떠났다. 그러자 카메라가 이번에는 정성우와 단역 여배우를 잡았다. 카메라가 다른 곳을 보는 동안 앵글 밖 이도원은 물을 마시며 박아현의 뒷모습을 눈으로 쫓았다.

'이상해.'

그는 박아현의 실력을 잘 알고 있었다. 그런데 그녀의 움직임이 오늘은 시종일관 부자연스러웠다. 인물에 집중하지 못하는 모습이, 머릿속에 다른 생각으로 가득 찬 사람처럼 보였다.

정성우와 단역 여배우가 대자리를 떠남으로써 식사 자리에서의 촬영은 마무리가 됐다.

모니터링을 하며 이도원이 유태일 감독에게 말했다.

"잠시 시간을 주십시오."

유태일 감독 역시 박아현의 연기가 마음에 들지 않았는지 고개를 끄덕였다.

"아현이에게 얘기 좀 잘 해줘."

"알겠습니다."

고개를 끄덕인 이도원이 박아현에게로 다가가 곁에 앉으며 물었다.

"무슨 일이야?"

박아현이 이도원을 잠깐 보다 고개를 돌렸다.

"미안해. 다들 피곤할 텐데, 내가 폐를 끼쳐서……."

"엔지 때문이 아니란 건 알잖아."

이도원이 말을 자르자 박아현은 얼굴을 숙였다.

"미안. 다른 스태프나 배우들에게 사과하고 앞으로 이런 일 없도록 할게. 어제 안 좋은 소식을 듣는 바람에 정신을 딴 데 팔았어."

그녀는 전에 없이 심한 자기방어를 하고 있었다. 이유를 묻지 말아달라고 강력하게 표현하고 있는 것이다.

이도원은 빤히 응시하다가 대답했다.

"무슨 일인지 모르겠지만 걱정된다. 기획사 대표나 동료 배우로서가 아니라 친구로서."

그 말을 남긴 이도원은 몸을 일으켰다. 그리고 가타부타 덧붙이지 않고, 두 사람을 기다리고 있는 스태프들을 보며 말했다.

"가자."

한편 박아현의 마음속은 복잡스럽기 그지없었다. 전날 2인조 걸 그룹 '레드 오션'으로 함께 활동했던 윤세라를 만났고, 뜻밖의 이야기를 들었기 때문이다.

'어쩌면 좋지?'

윤세라가 차기열 회장 결혼식 축가를 불렀을 당시 오랜만에 만났고 약속을 잡았다. 촬영에 들어가면 다시 바빠질 예정이었기 때문에 시작 하루 전인 어제, 시간을 쪼개어 만났다. 그 결과, 윤세라의 심각한 고민을 들을 수 있었다.

박아현은 애타는 눈빛으로 이도원의 뒷모습을 쫓았다. 이도원은 항상 그녀의 문제에 도움을 주었다. 그렇다고 윤세라의 비밀까지 마음대로 흘릴 수도 없는 노릇이었다. 이래저래 망설이던 박아현은 결국 아무 말도 못한 채 현장으로 끌려갔다.

불쑥, 이도원이 박아현의 이마를 짚었다.

"열도 없는데, 왜 이러지?"

당황해 입을 벙긋거리던 박아현이 그의 손을 치우며 고개를 저었다.

"아니, 아무 일도 아니에요."

이도원은 미간을 찌푸린 상태였다.

'분명 무슨 일이 있는 얼굴인데.'

속사정이 모두 정리되지 않은 상황에서 유태일 감독은 촬영 지시를 내렸다. 박아현이 좀체 마음을 다잡지 못하는 현 상황을 오래 끌어보아야 마땅한 묘책이 나오는 것도 아니었기 때문이다. 고로 일단 촬영을 해보았고, 우려하던 상황과 달리 박아현은 곧잘 집중했다.

반면 이도원의 속은 여전히 찜찜했다.

'무난하게 넘기긴 했지만……'

박아현이 자신에게 무언가 할 말이 있는데, 망설이고 있다는 느낌이 계속 걸렸다. 그럼에도 이도원은 다가가서 직접적으로 물을 수 없었다.

결국 박아현이 먼저 다가올 때까지 기다려야 했고, 두 사람은 지금의 조심스러웠던 판단을 후회하게 된다.


*         *         *


겨울비가 추적추적 내리는 관계로 〈서커스〉 야외 촬영이 취소된 2025년 2월 28일. 때는 연휴를 하루 앞둔 대체 공휴일이었다. 그날 점심, 이도원은 라면을 올려둔 상태로 밥을 푸고 있었다. 모처럼 가족과 함께하는 시간이었다.

이도원이 식사 준비를 하는 동안 다림질을 하고 있던 어머니가 거실에서 목소리를 높였다.

"그나저나 수민이랑은 연락하니?"

이도원은 수민이란 이름이 낯설어 되물었다.

"수민이가 누구예요?"

"수민이 기억 못하니? 〈악마의 재능〉 시사회 때도 같이 갔었잖아? 예전 월곡 집 살 때, 이웃집 살던 여학생 말이야. 지금은 대학로에서 연극하고 있단다."

"연극이요?"

머리카락을 수건으로 말아 올리고 방에서 나온 누나 이다원이 대신 대답했다.

"응. 걔도 연기하잖아? 꽤 큰 기획사 들어갔었다고 하던데… 그냥 나왔다던데? 엄마! 왜 나왔다고 했죠?"

어머니가 그 물음에 답해주었다.

"수민 엄마가 그러는데 소속사에서 애를 워낙에 못살게 굴었단다. 아들, 너희 회사는 안 그러지? 혹시라도 그렇게 몹쓸 짓하면 안 돼. 언제가 됐든, 부메랑처럼 그대로 돌려받는 거야."

이도원은 어머니와 누나의 밥을 모두 푸고 피식 웃었다.

"언제 그렇게 친해지셨어요?"

"너야 촬영 현장, 아니면 미국 가 있어서 잘 못 만났겠지만 난 수민이 번호도 아는데? 공연도 초대해 줘서 친구들이랑 몇 번 갔었어."

이다원의 말에 이도원은 왠지 거리감이 느껴졌다.

"수민이가 안부는 안 물어?"

"웬걸? 편지 보낼 때 같이 붙여준다니까 절대 안 된다고, 오빠한테 방해될 거라고 별 핑계를 다 대면서 부끄러워하더라. 만났을 때 너한테 전화라도 걸라고 하면 창피해서 도망가고. 광팬도 그런 광팬이 없어. 그렇게 숫기가 없어서 연기는 어떻게 곧잘 하는지 몰라?"

그때서야 대충 상황 파악이 된 이도원이 고개를 끄덕이며 화제를 돌렸다.

"기획사가 어디였는데?"

이다원은 다시 어머니를 크게 불렀다.

"엄마! 수민이 회사 어디였죠?"

어머니가 주방으로 들어오며 눈을 흘겼다.

"와서 말을 하든지. 어른한테 바락바락 소리나 지르고… 귀청 떨어지겠다, 이 계집애야. 어휴. 시집이나 잘 갈 수 있을지……"

이다원은 뻔뻔하게 대답했다.

"나 인기 많거든요?"

어머니는 그녀의 말을 무시하며 이도원에게 대답해 주었다.

"레드 엔터테인먼트라더라."

자신의 밥을 푸던 이도원의 손길이 멈칫했다. 그는 살짝 굳은 표정으로 되물었다.

"레드 엔터요? 어떻게 괴롭혔다고 하는데요?"

"수민 엄마도 자세히는 얘기 않는데… 계속 성형 권유 받으면서 스트레스 받고, 스물네 살밖에 안 된 애가 이리저리 술자리 불려 다녔다고 하더라고."

이도원은 짐짓 놀라며 말했다.

"고등학생이었을 때가 엊그제 같은데, 걔가 벌써 스물넷이에요? 나중에 또 수민이나 아주머니 뵙게 되시면 백 엔터테인먼트 오디션 한번 보라고 말씀해주세요."

어머니가 피식 웃으며 대답했다.

"왜 말 안 했겠어? 떨어졌단다. 연극으로 경험 좀 쌓고 다시 도전한다고 하니까 뭐, 잘 하겠지."

"예."

그때 거실에 켜져 있는 TV에서 뉴스 메인 앵커의 음성이 들려왔다.

─속보입니다. 지난 2월 27일 오후 열한 시경, 레드 엔터테인먼트 소속 솔로 가수 윤세라 양은 혼자 살고 있는 청담동의 오피스텔에서……

소식을 모두 들은 이도원의 머릿속으로 벼락이 쳤다. 그는 밥주걱을 바닥에 떨어트리고 거실로 달려 나갔다. 이어서 멍한 시선으로 TV를 보았다. 방금 들은 비보가 선뜻 믿기지 않았다.

순간 시끄럽게 주머니 속 휴대폰 벨 소리가 울렸다. 그 소리에 화들짝 깬 이도원이 심호흡을 하며 전화를 받았다.

"여보세요."

—저 진빈입니다. 형.

매니저였다.

이도원은 어렵사리 입을 열었다.

"그래."

—소식은 들으셨어요? 윤세라.

"방금 뉴스에서 보던 참이었어."

—준식이 형이랑 아현이 누나는 먼저 병원으로 출발했어요. 아현이 누나 소개로 준식이 형이랑 셋이 몇 번 술도 함께 마셨다고 하더라고요. 형도 병문안 가실 거죠?

"가야지. 내 차 끌고 갈게."

이도원은 대답했지만 병문안이 큰 의미가 없으리라는 사실을 알고 있었다. 윤세라는 심장만 뛰고 있다 뿐이지 뇌사 상태라고 보도되었다. 대부분 뇌사 상태에선 대사기능 저하로 2주일 내 사망한다.

'무슨 이런 일이……'

이도원은 윤세라를 고등학교 시절 교복 광고 촬영 때 한 번, 근래 차기열 회장 결혼식 때 한 번 보았다. 그중 대화를 나눈 적은 광고 촬영 때 한 번 뿐이었다. 그런 이도원도 큰 충격을 받았는데, 한때 함께 활동했던 박아현이 받은 충격은 이루 말할 수 없을 터였다.

점심 식사를 물리고 주방을 정리한 이도원은 재킷을 걸치고 집을 나섰다. 그는 약 사십 분이 걸려 윤세라가 입원해 있는 성미 병원 중환자실에 도착할 수 있었다.

복도에는 윤세라와 친분이 있었던 오준식이 어두운 표정으로 앉아 있었다. 이도원을 발견한 그가 붉게 충혈된 눈가를 훔치고 고개를 들었다.

"이 개새끼들……. 도원아, 나 못 참는다."

오준식은 웬일로 대표님이란 호칭 대신 이름을 불렀다.

이도원은 분노한 그를 보며 침착한 어조로 물었다.

"레드 엔터였지?"

"어, 가만 안 둬."

오준식의 어깨를 두드린 이도원이 병실 문을 열고 들어섰다.

박아현이 윤세라 옆에서 펑펑 울고 있었다.

"나 때문이야, 모두… 나 때문이야. 미안… 미안해. 흑."

그녀의 흐느끼는 소리와 빗소리가 섞여들었다.

이도원은 죽은 듯이 누운 윤세라를 지나쳐 빗물을 타고 흘러내리는 창밖 풍경을 보았다. 창밖으로 밝고 생기 넘치던 윤세라의 표정이 함께 녹아들었다.

이내 박아현의 어깨를 두드린 이도원이 우두커니 서서 윤세라를 지켜보던 끝에 아무 말없이 병실을 빠져나왔다.

오준식이 그에게 음료수를 내밀었다.

"자."

이도원이 음료수를 받자 그가 물었다.

"앞으로 어쩔 거야?"

이대로 두고 볼 생각이냐는 추궁이 담긴 시선이었다.

이도원의 입장에서도 윤세라를 죽음으로 몰고 간 레드 엔터테인먼트는 용서할 수 없는 곳이었다. 이는 윤세라와 친분이 있고 말고의 문제가 아니었다. 같은 업계에 몸담은 사람으로서 좌시할 수 없는 일인 것이다. 생각에 잠긴 그가 아무 말도 없자 오준식이 덧붙였다.

"이번 건은 오지랖이 아니다. 사람이 맞아 죽는 걸 보면서도, 무서워서 가만히 있는 사람이 되진 말자. 요즘 세상이 아무리 내 일만 중요하고 남 일에 나서길 꺼려하는 빌어먹을 세상이라고 해도, 이건 아니잖아? 우리보다 한참 어리고 약한 아이다. 밝고 착한 애였어."

오준식은 점점 격앙됐다.

반면 이도원은 얼음장 같은 표정으로 그의 어깨너머를 바라보고 있었다.

복도 끝에서 이로빈이 다가오고 있었다. 직접 윤세라의 병문안을 온 것이다.

"넌 가만히 있어."

이도원은 아직 이로빈을 발견 못한 오준식에게 짧게 말했다. 그 뒤 이로빈에게 다가가서 마주 섰다.

"이게 누구야? 반가운 얼굴이군."

이로빈은 마치 한 방 먹여봐라, 하는 눈빛으로 이죽거렸다. 만일 이곳에서 이도원이 참지 못하고 주먹이라도 날리는 날에는 당장 내일 조간신문 1면을 장식하게 될 터였다. 그 사실을 잘 알고 있는 이도원은 주먹 대신 무미건조한 음성을 뱉어냈다.

"얼마 전 저희 어머니께서 그러시더군요. 나쁜 짓을 하면 언제가 됐든 부메랑처럼 고스란히 되돌아온다고."

운을 뗀 이도원이 덧붙였다.

"내가 당신이 죗값을 받는 시기를 당겨줄 생각입니다. 저 병실 안의 윤세라가 죽음을 선택하기 전 하루하루 느꼈던 절망과 고민들을 그대로 되돌려주죠."

그 말에 이로빈이 피식 웃었다.

"가끔 생각하지. 세상 일이 모두 뜻대로 되면 얼마나 좋을까? 하지만 자네 정도 수준에선 아등바등 몸부림쳐 봐도 쉽지 않은 일이야. 그래도 모쪼록 응원하겠네."

이도원은 옆으로 비켜섰다.

오준식은 주먹을 부들부들 떨고 있었다.

병실 문고리를 쥔 이로빈이 막 생각난 듯, 고개를 돌리지 않은 채 물었다.

"참. 그리고 나도 이곳에 오고 싶어서 온 건 아니야. 다만 세상 시선이란 게, 기획사 대표가 소속 가수를 신경 쓰지 않으면 이상하게 여기거든. 쓸데없는 오해를 만들면 안 되지. 안 그런가?"

이로빈이 문을 열고 들어갔다.

곧 박아현이 이로빈의 어깨를 밀치며 도로 나왔다. 그녀는 절대 정숙을 요하는 병실 밖에서, 혹시나 윤세라에게 들릴까 낮은 목소리로 경고했다.

"다신 오지 마세요."

일련의 상황들을 모두 지켜보던 이도원은 유태일 감독과 이상백에게 전화를 걸었다. 세 명이 함께 통화를 할 수 있는 그룹 통화였다. 이윽고 두 사람이 전화를 받자 이도원은 큰 결심을 내린 듯 단호하게 말했다.

"레드 엔터테인먼트에서 성 상납을 강요해 여가수 한 명이 자살을 선택했습니다. 또한 성 상납을 강요받고 레드 엔터를 떠난 소속 출신 배우 둘이 있습니다. 대상자들에게는 신변보호가 필요하겠지만, 저는 제 자신을 숨기지 않고 이 사실을 언론에 터뜨릴 생각입니다."

침묵이 감돌던 수화기 건너편에서 이상백이 물었다.

"소식은 나도 들었다. 하지만 연예계는 언론은 물론 정계, 재계와도 밀접한 관련이 있어. 힘 있는 자들은 인간의 원초적인 탐욕으로 돌아가 그 모든 것들을 가지려 하지. 넌 비상식이 상식이 되는 이 세상을 적으로 돌리는 꼴이 될 게다."

유태일 감독은 우려보단 지지를 했다.

"용기 있는 결정이다. 영화가 어찌 될지는 신경 쓰지 말고 소신 있게 행동해라. 너처럼 힘 있는 사람이 하나둘 소신을 잃고 비상식에 편승한다면 세상은 발전하지 않을 거야. 우리가 영화를 만드는 이유도 잘못된 세상을 향해 옳은 메시지를 날리고 싶기 때문이 아닌가?"

이도원은 이로빈을 직시하고 있었다.

순간 이로빈의 입가에 조소가 매달렸다.

반면 이도원은 한결같이 무표정한 얼굴이었다. 그는 그대로 이상백과 유태일, 두 사람의 말에 간단히 대답했다.

"제 자신만큼은 상식적으로 살고 싶을 뿐입니다."


이도원이 폭탄을 터뜨리리라 결심한 후 가장 먼저 연락한 사람은 김홍수 기자였다. 김홍수 기자는 이도원의 제보들로 인해 지금의 위치까지 올라간 사람으로서, 그동안 서로 두터운 신뢰 관계를 만들어 둔 상태였다. 하지만 이번만큼은 김홍수 기자도 선뜻 총대를 메지 못했다.

"도원 씨 덕분에 제가 이 자리까지 올라올 수 있었습니다. 하지만 이번 제보는 제가 감당하기에 위험성이 너무 큽니다. 상대를 넘어뜨리지 못하면 우린 완전히 끝장이에요. 다시는 이 바닥에서 재기할 수 없게 될 겁니다."

그들이 있는 곳은 고등학교 시절 처음 만났던 그 카페였다. 이도원은 주위를 둘러보며 음료를 한 모금 마시고 여유롭게 화제를 돌렸다.

"이곳은 오랫동안 자리를 지키고 있네요. 그저 동네 카페인데……."

"도원 씨."

김홍수 기자가 초조하게 부르자, 이도원이 그를 마주보며 본론으로 돌아왔다.

"맞습니다. 이번 일로 인해 어쩌면 우리는 다시 이 바닥에 발을 못 붙이게 될 수 있습니다. 말씀하신 것처럼 끝장이 날 수도 있는 거죠. 그렇다고 해서 우리가 죽음을 선택하진 않을 겁니다."

이도원은 휴대폰으로 '윤세라'를 검색한 뒤 테이블 위에 올려두었다.

"보십시오. 한 소녀가 자살을 선택할 만큼 괴로워했습니다. 그녀를 절망의 구렁텅이로 끌어들인 건 레드 엔터테인먼트입니다. 그리고 지금도 많은 소속 가수며 배우들이 같은 절망감을 느끼고 있겠죠. 단순한 성 상납 강요뿐이 아닐 겁니다. 우리가 알지 못하는 훨씬 추악한 단면이 있을 거예요. 영웅이 되고 싶다고 말하는 게 아닙니다. 우리가 살고 있고, 앞으로 살아갈 곳을 쓰레기더미로 만드는 일은 없어야 할 것 아닙니까?"

호소력 짙은 음성이 김홍수 기자의 마음속에 울림을 전했다. 마음 같아선 당장에라도 앞장서고 싶었지만 머릿속에서 자꾸만 위험 신호를 보내오고 있었다. 잠시 갈피를 잡지 못하고 망설이던 김홍수 기자가 조심스레 물었다.

"제가 수집해 왔던 레드 엔터 관련 정보들만 종합해 봐도 방송으로 터뜨리는 방식은 답이 안 나옵니다. 레드 엔터테인먼트의 힘은 방송사들의 뿌리까지 뻗어 있어요. 그들은 서로 약점을 쥐고 있는 협력 관계입니다. 생방에서 터뜨린다거나 시사프로그램을 통해 내보낸다고 해도, 맛보기로 그칠 겁니다."

생방송에서 돌발적인 발언을 하는 것, 시사프로그램에 제보를 하는 것 모두 이도원이 생각하던 방법들이었다. 하지만 김홍수 기자는 이런 방식으로는 레드 엔터테인먼트를 손끝 하나 건드리지 못한다는 말을 하고 있었다. 그는 덧붙여 설명했다.

"십 프로의 진실과 구십 프로의 미화가 있겠죠. 금방 잊힐

겁니다. 괜히 잠자는 사자의 코털을 건드리는 꼴이 날 수 있어
요."

어떻게 될지 불 보듯 빤히 예측하는 김홍수 기자를 바라보
던 이도원이 슬그머니 미소를 갖다 붙이며 물었다.

"그래서 기자님께 도움을 청한 겁니다. 어떻게 하면 소리
없는 아우성으로 끝나지 않을 수 있겠습니까?"

김홍수 기자는 나직이 한숨을 쉬며 말을 아꼈다. 그는 마지
막 애원을 하듯이 이도원에게 제안했다.

"정말 다시 한 번 생각해 보십시오. 지금까지 이루신 것들
을 모두 내려놔야 할지도 모릅니다."

예상대로, 이도원은 확고했다.

"저는 방법이 궁금할 따름입니다."

고개를 폭 숙이고 고민하던 김홍수 기자가 기어들어가는
목소리로 입을 열었다.

"기획특집기사를 내보내는 겁니다."

〈시네마 24〉의 김홍수 수석기자가 제안한 방식은 간단하
다. 먼저 대중이 관심을 가질만한 키워드를 주제로 삼는다.
그 다음에 주제에 맞는 기사들을 내보내며 그 안에 터뜨릴 내
용을 조금씩 섞는다. 대중의 호기심을 자극하는 선에서 기획
기사를 내보내다 보면 어느 순간 심각성이 각인된다. 그 순간
이도원이 진실을 터뜨려서 대중이 궁금해 하는 부분을 시원

하게 긁어주자는 계획이었다.

*　　　　*　　　　*

기획기사를 모두 읽은 이로빈은 잡지를 집어던졌다.

"김홍수 기자……. 처음부터 끝까지 이도원 후견인 노릇을 하시겠다?"

앞에 서 있던 비서가 잡지를 줍고는 대답했다.

"신경 쓰지 않으셔도 될 것 같습니다. 다른 쪽은 전부 막혀 있으니 그나마 가진 인맥을 이용해 뭐라도 해보려는 것 아니겠습니까?"

반면 이로빈 생각은 달랐다.

"아니! 영리한 놈이다. 가볍게 봤다가 큰코다친 적이 있지."

중얼거린 그는 어딘가로 전화를 걸었다.

수화기 뒤편에서 늙수레한 음성이 울렸다.

─무슨 일인가?

"선생님. 기획기사, 읽어보셨습니까?"

─봤네. 꼬마가 머리를 좀 썼더군.

"부탁을 좀 드려야겠습니다."

이로빈이 말을 이었다.

"〈시네마 24〉는 영화, 방송, 패션계에서 메이저급 잡지사 아닙니까? 아직은 '영화 제작 과정에서의 외압'에 대해서 언급하고 있지만 자문 대상을 유태일 감독과 이도원으로 정한 것 자체가 레드 엔터테인먼트를 겨냥한 겁니다. 이런 식이면 머지않아 더 깊숙이 파고들 테지요. 그때가 되면 다른 언론매체에서도 줄줄이 이번 기획특집기사에 대한 기사들을 실을 겁니다. 낙수 몇 방울이 일으킨 파문이 거대한 파도가 되지 않도록 선생님께서 신경을 좀 써주십시오."

잠시 조용하던 수화기에서 다시 목소리가 들려왔다.

―무리한 부탁을 하는군. 자네 스스로 처신해야 할 부분이야. 자네가 김진우를 버렸듯, 나 역시 꼬리를 잘라야 하는 순간이 온다면 같은 선택을 할 거라는 사실을 잊지 말게.

끝으로 전화가 뚝 끊겼다.

동시에 이로빈의 얼굴이 형편없이 일그러졌다.

"젠장……."

머릿속에선 죗값을 받게 만들어주겠다는 이도원의 말이 경종처럼 울려 퍼졌다. 설마 목숨 걸고 이런 기획기사를 실어줄 낭만주의자가 있을지 예상치 못했던 탓이다. 비관적인 생각이 들기 시작하자 불안감이 썰물처럼 덮쳤다.

그때 고개를 돌리고 전화 한 통을 받은 비서가 표정을 휴지조각 마냥 구겼다.

무심코 그를 본 이로빈이 물었다.

"뭐야?"

"그게… 차기열 회장님입니다. TV 좀 확인해 보시랍니다."

그 말과 함께 비서가 TV를 켰다. 화면 안에서는 플래시가 번쩍이며 터지고 있었다. 그 거짓말 같은 상황 속에 〈서커스〉 제작팀이 서 있었다.

"저건 뭐야?"

당황한 이로빈이 묻자 비서가 대답했다.

"유태일 감독 측에서 제작사 허가도 없이 영화 〈서커스〉 관련 인터뷰를 열었습니다. 아마… 이번 특집기사를 보고 질문지를 만든 기자들이 대다수일 겁니다."

"나와 제대로 맞서보겠다 이건가? 정면승부를 해보겠다 이거야?"

이로빈의 포커페이스가 깨졌다. 그는 붉은 얼굴과 충혈된 눈으로 TV를 직시하고 있었다.

그러든 말든 화면 안에서는 사회자가 이도원을 소개했다.

─드디어 배우 이도원 씨의 차례네요. 게릴라 이벤트로 열린 인터뷰임에도 많은 팬 분들이 모여 주셨습니다. 이 년도 넘는 시간 동안 한국에서 공백기를 가졌지만 인기는 여전하세요!

이도원이 입가에 미소를 띠며 대답했다.

─잊지 않아주셔서 감사할 따름입니다.

사회자는 눈매를 초승달처럼 휘며 너스레를 떨었다.

─어떻게 잊을 수 있겠어요? 그나저나, 유태일 감독님과는 벌써 네 번째 작품이네요.

─가족만큼 가까운 사이죠.

이도원의 말에 유태일 감독이 고개를 저었다.

─전 아닙니다.

한바탕 웃음이 터지며 분위기가 부드러워졌다.

타이밍을 재던 사회자는 이번 행사의 목적을 떠올렸다.

─그럼 이도원 배우, 질문을 받도록 하겠습니다.

카메라가 돌아갔다.

이내 선택 받은 여기자가 마이크를 넘겨받고 질문했다.

─저는 〈고려일보〉 소속 기자 서유정입니다. 얼마 전부터 발행된 〈시네마 24〉 기획특집기사, '영화 제작 과정에서 일어나는 외압'에서 유태일 감독님과 함께 자문을 해주고 계신다고 들었습니다. 이 자리의 두 분이 모두 자문 역할을 맡으셨다고 하니… 설마 '서커스' 역시 제작 과정에도 외압이 있었는지 궁금합니다.

다시 화면에 이도원이 등장했다.

그는 짧은 침묵 끝에 입을 열었다.

─맞습니다. 레드 엔터테인먼트에서는 제작사에 압력을 넣었고, 에이전시를 통해 고용된 단역과 보조 출연자들로 하여

금 촬영을 방해해가며 배우 섭외 권한을 놓고 협박했습니다.

뜻밖에 구체적인 대답을 들은 기자석이 들썩였다.

―외압을 행사한 곳이 레드 엔터테인먼트란 말씀이십니까?

―얼마 전에 레드 엔터테인먼트 소속 가수 윤세라 씨가 죽음을 택했습니다! 이 사건도 관계가 있는 겁니까?

―외압을 받은 영화 〈서커스〉의 현재 촬영 상황을 알려주십시오!

다양한 질문들이 기포를 일으키며 끓어올랐다.

이도원은 답변을 하지 않고 침묵했지만 질문은 계속해서 터져 나왔다. 생방송으로 중계되는 장소에서 폭탄발언이 터지자 혼란이 가중되고 있는 것이다.

물론 이 순간 가장 혼란스러운 건 사무실에서 TV로 지켜보고 있는 레드 엔터테인먼트 대표 이로빈이었다.

'이 새끼들이…….'

그는 넋을 놓고 있었다.

화면 안에서는 놀란 마음을 가라앉힌 사회자가 상황을 정리하고 있었다. 질문지나 답변지가 모두 무용지물이 되어버린 것이다.

―이럴 수가! 너무나 놀라운 사실인데요. 예, 우선 한 분씩 질문해 주시면 감사하겠습니다.

사회자의 지목을 받은 기자가 자신을 밝히며 물었다.

―〈시네마 24〉의 고건수 기자입니다. 저희 잡지사에서 기획한 기사가 맞고요. 그럼에도 뜻밖인 건 아직 제보가 끝나지 않았다는 사실입니다. 도대체 뭐가 얼마나 더 있는 건가요?

이도원은 망설이지 않고 대답했다.

―비록 주제는 '영화 제작 과정 속에 벌어지는 외압'라고 쓰여 있지만, 그건 제가 말하고 싶은 진실의 표면에 불과합니다. 이번 일을 계기로 많은 분들이 궁금해 하시고 베일에 싸여 있던 연예계의 부정적인 민낯을 들추게 될 것 같습니다.

―질문 하나만 더 하겠습니다.

고건수가 저돌적으로 말을 이었다.

―연예계의 민낯을 밝히겠다고 하셨는데요. 무엇이든 빛과 그림자가 있는 법이지만, 지금까지 연예계의 뒷이야기는 이런저런 소문만 무성할 뿐 정확히 밝혀진 적이 없습니다. 이번에는 뭐가 다른 건가요?

―저는 정의 실현을 통해 이번 기획기사의 자문을 하고 있는 것이 아닙니다. 명확하게 목표로 하는 업체가 있습니다.

이내 다른 기자가 손을 들고 물었다.

―〈하나신문〉의 신정태 기자입니다. 확실한 정황과 물증이 있다면 고발을 하지 않고 이런 식으로 공개하는 이유가 무엇인지 궁금합니다.

이도원은 호흡을 잠시 멈췄다. 모든 기자들을 숨죽이며 대답을 기다리도록 만든 그가 입을 열었다.

―저는 경찰이나 법조인이 아닌 배우입니다. 지금까지 많은 잘못을 해왔음에도 벌을 받지 않은 사람이기 때문에, 제가 직접 잘못했다고 말하는 겁니다. 만약 제 이야기가 허무맹랑한 모략이라면, 근거 없는 명예훼손에 대한 벌을 달게 받겠습니다. 그리고… 당사인 레드 엔터테인먼트에게 전하고 싶군요.

여기까지 왔을 때 이로빈은 그야말로 거품을 물고 뒤집어지기 일보 직전이었다. 그사이 화면 속 이도원이 아랑곳 않고 덧붙였다.

―이제부터 시작입니다.

인터뷰 차례가 넘어가자 이로빈은 TV를 끄며 심호흡을 했다. 한동안 마음을 가라앉힌 그가 비서에게 물었다.

"차기열 회장과 김봉민 의원 측에선 연락 없나?"

"예. 아직은……"

"언제든 발 뺄 수 있도록 떨어져서 지켜보겠다, 이건데……."

중얼거린 이로빈이 실소했다.

"연예 기획사 대표 자리를 사냥개 정도로 보는 종자들이니 그럴 수 있지."

"사냥개라니요?"

비서가 발끈했지만 이로빈은 번복하지 않았다.

"잘 나갈 땐 동등한 입장에서 대해주지만, 문제라도 터지면 혹시나 똥물이 튀길까 걱정하기 바쁘지. 대한민국에서 손에 꼽는 재력가나 권력자에게 우리는 욕망을 해결해 주고 유흥을 제공해 주는 사람들일 뿐이다. 언제든 꼬리를 자르기 편할 정도의 관계만 유지하지."

비서는 그 말을 부정하지 못했다.

한편 등을 편히 기대고 평온한 표정을 회복한 이로빈이 말했다.

"〈시네마 24〉의 김홍수 기자와 약속 잡아봐. 현재로서는 이번 기획기사를 내리는 게 상책이다. 그럼 오늘 일은 대중의 기억에서 점차 사라질 거야."

"안 그래도 김홍수 기자를 조사해봤습니다만 회유나 압력이 통할 자가 아니었습니다.

"통하든 말든 만난다. 내가 지금 찬밥 더운밥 가릴 때인가? 이도원은 이제 시작이라는데, 우리는 놈이 준비한 총알이 얼마나 될지도 모르는 상황이잖나."

"…알겠습니다."

고분고분한 대답을 끌어낸 이로빈은 고개를 절레절레 저었다.

"얼마 전에 윤세라 그 계집애가 쓸데없는 짓을 한 바람에 우리 입장이 난처해졌다. 언론에서도 이쪽에 촉각을 세우고 있어. 지금 같은 상황에선 내막을 모두 알고 있는 자네만이 날 도와줄 수 있지. 난 우리가 한 배를 타고 있다는 사실을 잊지 않고 있네. 흥해도 함께 흥하고, 망해도 함께 망하는 거야."

인터뷰를 통해 신호탄을 터뜨린 다음 날, 이도원은 촬영 현장으로 갔다.

어제 행사가 이번 영화와 관련되어 있었기 때문에, 영화에 참여한 스태프나 배우 모두 방송을 본 상태였다.

그들은 이도원을 향해 우려 섞인 목소리를 내면서도, 한편으로 엄지를 추켜세우며 응원했다. 업계에서 후문이 많았던 레드 엔터테인먼트를 한 방 먹였다는 사실에 속이 시원한 것이다.

"방송 잘 봤어. 대단하던데?"

유태일 감독과 회의를 하던 카메라감독이 웃으며 말하자 조명감독도 맞장구를 쳤다.

"이렇게 담이 큰 배우는 오랜만이야."

반면 음향감독은 두 사람에게 눈을 흘기며 말했다.

"남들이 나서지 않는 데에는 이유가 있는 법이네."

미술감독 또한 그의 말을 거들었다.

"제 생각도 음향감독님과 같아요. 비록 레드 엔터가 우리 영화에다 방해 공작을 벌인 건 괘씸하지만 공개적으로 질타

한 건 지나쳤다고 생각해요. 어제 일로 도원 씨와 레드 엔터 테인먼트 사이에 낀 제작사나 투자자들도 심기가 불편해졌을 거예요."

빤히 그들을 응시하던 이도원이 대답했다.

"걱정 마십시오. 심려 끼치지 않겠습니다."

그 말인즉, 혹시라도 레드 엔터테인먼트와의 신경전으로 영화 촬영에 지장 받는 일은 없게 한다는 의미이기도 했다.

"절대로 촬영에 악영향을 받는 일은 없을 겁니다."

이도원은 덧붙이며 확신했다.

마음이란 때때로 굳이 서로 말을 주고받지 않아도 전달된다. 평상시와 다름없이 열정 가득한 표정을 접한 스태프들은 더 이상 이 부분에 대하여 문제 삼지 않았다.

그건 유태일 감독도 마찬가지였다.

"촬영하자."

그는 콘티를 내밀며 이도원에게 설명했다.

"오늘은 드디어 지은이를 만나는 장면이다. 두 사람 호흡이야 내가 알고 있으니까 이래라저래라 하지 않을 거야. 자유롭게 촬영하되 최선을 다해주면 고맙겠다."

"알겠습니다."

고개를 끄덕인 이도원이 주위를 둘러보며 말했다.

"지은이는 아직 안 왔나 보네요."

"어젯밤에 라디오 녹음이 있었다던데? 늦는 친구는 아니니까 곧 오겠지."

호랑이도 제 말하면 온다고, 유태일 감독의 말이 떨어지기 무섭게 밴 한 대가 현장으로 들어섰다. 그녀를 발견한 유태일 감독이 피식 웃었다.

"양반은 못 되는군."

차지은은 스태프들에게 인사를 하며 다가왔다. 배우부터 스태프까지 그녀에게는 모두 면식이 있는 사람들이었다. 때문에 편안하게 대할 수 있었다.

"안녕하세요! 감독님, 그리고 오빠."

이도원이 한쪽 손을 들어 인사를 받아주었다.

한편 유태일 감독은 고개를 끄덕이며 콘티를 건넸다.

콘티를 받은 차지은이 입꼬리를 살짝 올리며 입맛을 다셨다.

"저, 이 캐릭터 너무 마음에 들어요. 직업이 화가인 것부터 성격도 애착이 가고요."

이미 차지은 캐릭터의 대사까지 머릿속에 줄줄 외고 있는 이도원은 그 말에 동감해서 대답했다.

"넌 그냥 성격대로 연기하면 되겠던데? 당돌하고, 열정적이고, 티 없이 깨끗한 모습이 널 빼다 박았어."

듣는 사람에 따라 손발이 오그라드는 소리였지만 이도원을 사모하는 차지은에게는 자장가보다 감미로운 멜로디로 들려왔다.

그때 유태일 감독 옆자리에서 이도원의 얼굴을 힐끔거리던 스크립터가 중얼거렸다.

"역시 느끼한 멘트도 용서가 되네요."

"왜, 잘 생겨서?"

유태일 감독이 묻자 그녀는 고개를 주억거렸다.

"예. 실물을 보니까 사람들이 찬양하는 이유를 좀 알겠어요."

대부분 스태프가 이전 그대로였지만 스크립터는 이번에 다른 팀에서 데려온 스태프였다. 오늘부터 바뀌었으므로 이도원을 처음 본 것이다.

이러나저러나 스크립터는 주로 여성 스태프가 맡으며 연출부 막내의 전유물이었다. 그럼에도 당사자는 첫 출근치고 긴장이 풀린 모습을 보여주고 있었다. 그녀를 빤히 지켜보던 유태일 감독은 머리통에 꿀밤을 날리고 말했다.

"쓸데없는 데 신경 쓰지 말고 잘 배워봐. 스크립터는 편집을 돕는 감독의 현장 비서다."

"옙."

스크립터의 대답을 들은 유태일 감독이 덧붙였다.

"어차피 배우들은 질리도록 볼 테니까. 그리고 이도원의 매력은 실물이 아니야."

"그럼요?"

"도원이는 현장에서 연기할 때 가장 빛난다."

두 사람이 대화소리가 아슬아슬하게 들리지 않는 거리에 떨어진 이도원은 현장의 장비 세팅이 끝날 때까지 차지은과 호흡을 맞추는 중이었다.

"편하게 연기하네. 〈바람〉 촬영 때보다 더 좋아졌어."

"힘 빼느라 고생 좀 했죠."

차지은이 혀를 쏙 내밀며 좋아했다.

이도원은 그녀가 꼬리를 흔드는 강아지처럼 보였다. 그래서 칭찬을 받고 즐거워하는 차지은을 향해 짓궂게 초를 쳤다.

"다만 연기의 리듬이 아쉬워."

"연기의 리듬이요?"

차지은의 검은 동공이 밤하늘의 별처럼 반짝였다. 연기에 대해서 항상 진지한 모습이 보기 좋았다. 그게 바로 이도원이 그녀를 만날 때마다 조언과 충고를 아끼지 않는 이유였다.

"응. 노래로 비유하자면 높은 음역대도 무난하게 소화할 수 있게 된 느낌이야. 보고 듣는 사람이 편안해진 셈이지. 이제 곧 너만의 스타일을 찾아야 하는 순간이 올 거야."

그는 곰곰이 생각하는 차지은에게 말을 이었다.

"너만의 스타일이 잘 정립되어 있다면 다른 배우와 같은 캐릭터를 연기해도, 너만의 캐릭터가 될 수 있을 거다."

그에 차지은이 입술을 꼭 깨물며 부탁했다.

"오빠가 보여주세요. 오빠만의 연기를."

굳이 보여주려 하지 않아도, 보여줄 수밖에 없는 일.

이도원은 한발 더 나아가서 그녀에게 도움을 주고 싶었다.

"두 가지의 스타일로 연기를 해볼게."

"그게 가능해요?"

차지은의 물음에 이도원이 고개를 끄덕였다.

"열 가지도 가능하지."

"대사 하나 없는 인물을 열 가지 버전으로 연기할 수 있다고요?"

이도원은 대답 대신 현장을 가리켰다.

"보여줄게."

유태일 감독의 미간에 골이 깊었다.

이도원이 현장에 들어가기 전 돌발 제안을 한 것이다.

"이번 씬은 각각 다르게 다섯 가지로 나눠서 찍어도 될까요?"

말이 다섯 가지 버전이지, 촬영 때 일어날 엔지를 생각하면 다섯 씬을 찍을 시간을 한 씬에 투자하자는 요구였다. 그 의도를 짐작한 유태일 감독이 물었다.

"현장을 연습장 삼아 촬영할 생각인가?"

이도원은 고개를 저었다.

"아닙니다. 이번 장면은 주인공의 인생관이 바뀌는 시발점입니다. 첫눈에 반해 사랑에 빠지는 장면이죠. 인상적인 씬을 만들 필요가 있다고 생각합니다."

설명을 들은 유태일 감독이 지그시 눈을 감았다. 그는 영화 〈서커스〉 인터뷰 행사 후부터 계속 쫓기는 기분이 들었다. 언제 다시 레드 엔터테인먼트의 꼼수가 시작될지 알 수 없는데다, 촬영 도중 이도원이 타격이라도 받으면 제작 과정에도 문제가 생길 수 있기 때문이었다.

'최대한 빨리 촬영을 마무리 지어야 하는데.'

유태일 감독은 천천히 눈을 떴다. 눈앞에 보이는 이도원은 전혀 초조한 기색이 아니었다. 여유 있는 표정으로 평정심을 유지하고 있었다. 엄청난 폭탄을 터뜨려 놓고 평소와 다름없는 모습인 것이다.

'어떻게 이럴 수 있지?'

유태일 감독 역시 쉽게 흔들리지 않는 편이었다. 그런 자신조차 바람 앞의 등불처럼 마음이 번잡한데 정작 이도원은 멀쩡하니 참기 힘들 만큼 궁금증이 치밀었다. 결국 그는 이도원에게 물었다.

"그런 엄청난 짓을 저지르고서 어떻게 아무렇지 않을 수 있지?"

"예?"

이도원은 뜬금없는 질문을 받은 사람처럼 되물었다.

"엄청난 짓이요?"

며칠 전 인터뷰를 아예 잊어먹은 사람 같았다. 잠시 생각하던 이도원이 유태일 감독의 말뜻을 알아채고 그만 웃음을 터뜨렸다.

"하하. 인터뷰 말씀하신 거예요?"

"전에 없이 자꾸 조급해진다. 일을 저질러 놨으니 뭔가 반응이 오긴 올 텐데, 언제 어떤 형태로 올지 알 수 없으니까."

"음."

이도원은 콧등을 긁적이다 말을 이었다.

"신경 쓰고 고민한다고 알 수 없잖아요. 조급해하는 순간 영화의 완성도가 떨어질 겁니다. 지금은 현장에 있잖아요. 그러니 감독님도 마음을 비우시고 평소처럼 촬영에만 집중해 주셨으면 좋겠습니다."

말은 그렇게 하면서도 유태일 감독의 심정이 충분히 이해됐다.

'배우야 촬영이 끝나면 그만이지만… 감독님은 영화의 성패에 따라 모든 책임을 져야 한다.'

그 부담감은 상상을 초월할 것이다. 더욱이 이런 불안정한 상황 속에서라면 어깨가 무거울 수밖에 없다.

이도원은 늘 배우를 포용하던 유태일 감독의 나약한 모습을 가리어 서서 말했다.

"촬영에는 어떤 지장도 없을 겁니다. 그러니 감독님은 평소처럼 연출에만 신경 써주십시오. 레드 엔터테인먼트와의 문제는 제 선에서 잘 처리하겠습니다. 그리고……."

말끝을 흐린 그가 어렵사리 입을 뗐다.

"죄송합니다."

레드 엔터테인먼트에서 이번 영화를 공격하는 건 엄밀히 말해 이도원과 김진우 때문이었다. 어찌 보면 유태일 감독은 아무 상관도 없는 일에 애를 쓰고 있는 셈이었다. 피하려면 얼마든 피할 수 있는 상황에서도 유태일 감독은 소신을 지키는 쪽을 선택했다.

그는 복잡한 표정을 거두며 고개를 저었다.

"아니, 자기 배우 하나 지키지 못한 주제에 도리어 사과를 받다니… 내가 나약했다."

유태일 감독은 다른 말을 덧붙이지 않고 지시를 내렸다.

"촬영 시작하지."

촬영이 시작되자 이도원과 차지은은 카메라가 비추는 범위 안으로 들어갔다. 두 사람이 마주 보고 있을 때 이도원이 윙크를 하며 장난을 걸었다.

차지은이 풋 웃었다. 이미 이도원에게 호감을 품고 있는 그녀에게 장난의 재미 유무는 중요치 않았다. 그의 얼굴만 보아도 미소가 떠오르는 것이다.

'얼씨구.'

그 장면을 모니터로 지켜보던 유태일 감독은 피식 웃었다.

"심각하네……."

그가 보기에 차지은은 중증이었다. 하긴, 그러니 주변의 수많은 추파를 물리치고 젊음을 허비하고 있을 터였다.

옆에서 유태일 감독을 빤히 응시하던 조연출이 물었다.

"그나저나 선배님은 연애 안 하십니까? 대학 때 포함해서 여자 사귀시는 걸 딱 한 번 봤습니다. 함께한 지가 십 년이 넘는데, 좀 너무하신 거 아닙니까?"

"남 말할 처지가 아닌 것 같은데."

유태일 감독은 상체를 젖힌 채 손으로 얼굴을 받치고 물었다.

"난 너 여자친구 있는 꼴을 한 번도 못 봤다."

"저야 뭐, 중간에 괜히 나가서 영화 만들었다 말아먹는 바람에 데이트 비용이 없는 것뿐입니다."

조연출의 말에 유태일 감독은 가슴을 움켜쥐었다.

"크윽, 팔자 한번 사납다."

"휴, 영화인의 길이란 참으로 가시밭길입니다."

"그러니 영화가 망하지, 대사가 구려. 좀 더 맛깔나게 표현해 봐.”

“제 평생 고삼 때 제일 많이 잔 것 같습니다.”

“그렇지.”

유태일 감독이 피식 웃으며 모니터 너머 현장을 향해 말했
다.

“카메라 롤.”

삼성동에 위치한 호텔의 스카이라운지.

카메라가 작동하고 붐 오퍼레이터가 마이크를 카메라 밖으
로 위치했다.

이어서 모니터와 헤드셋을 통해 현장을 느낀 유태일 감독
이 날카롭게 지시를 내렸다.

“레디, 액션.”

이도원은 바(Bar)에 앉아 얼음 잔을 흔들었다. 단추 두 개
가 풀린 셔츠와 살짝 감긴 눈이 긴장감을 완화시켰다.

잔을 흔드는 신호에 바텐더 역할의 단역이 잔을 채워주었
다.

카메라가 시점을 옮기며 술병이 진열돼 있는 안쪽 벽면을
비추었다. 그곳에는 이도원과 바텐더가 함께 찍은 사진이 있
었다. 단골이라는 걸 보여준 카메라는 다시 이도원을 비추었
다.

그땐 이미 이도원의 얼굴에 홍조가 감돌고 있었다. 원래는

술병에 물을 타려 했지만, 이도원이 술로 받겠다고 주문했던 것이다.

그 사실을 미처 몰랐던 유태일 감독이 분장팀과 소품팀에게 눈짓을 보냈다.

'진짜 술 줬나?'

팀원들은 머쓱한 웃음으로 대답했다. 아직 촬영 중이었기에, 유태일 감독은 나무라지 않고 모니터로 시선을 돌렸다.

'괘씸한 녀석. 술은 안 된다니까.'

사실적인 연출을 추구하는 그였지만, 음주는 촬영이나 감정에 지장을 줄 수 있었기에 웬만하면 생수로 대용했다.

어찌 됐건 이도원은 연기를 계속했다. 그는 차지은을 바라보았다. 두 사람의 눈이 마주치자, 이도원이 검지를 세우며 기다려보라는 신호를 보냈다. 그러고는 정장 주머니에서 행커치프, 만년필을 꺼내어 메시지를 써서 바텐더에게 주었다. 또한 검지로 술이 가득 차있는 자신의 술잔을 가리킨 후 엄지로 그녀를 지목했다.

그러자 고개를 끄덕인 바텐더가 새로 채운 술잔과 행커치프를 차지은에게 전달했다.

카메라가 움직이며 차지은을 비추었다. 행커치프를 펼쳐놓고 술잔을 한 모금 들이켠 그녀가 웃음을 터뜨렸다.

행커치프에는 '난 외로운 벙어리지만 그쪽과 대화를 나누고 싶습니다.'라고 쓰여 있었다.

차지은이 고개를 돌리자 이도원은 으레 촬영 전 보여주었던 표정을 다시 지었다. 눈빛은 뜨겁고, 살짝 미소 지은 얼굴은 어두운 조명을 받아 더욱 빛이 났다. 그는 짧고 단정한 헤어스타일과 새파란 블루 톤 정장을 잘생긴 얼굴과 탄탄한 몸매로 소화하고 있었다.

'이러니 내가 반하지.'

차지은이 붉어진 얼굴로 미소 지었다. 그녀는 캐릭터에 이입해 새로운 면모를 보여주었다.

'섹시한 면도 있었어.'

이도원은 순간적으로 정신이 아찔했다. 차지은과 같은 미녀의 미소는 언제 봐도 아름다웠다.

천천히 일어난 이도원이 이끌리듯 차지은의 곁으로 다가가 앉았다. 그가 천천히 손을 뻗었지만 그녀는 피하지 않았다. 이도원은 멈추지 않고 손끝으로 차지은의 얼굴선을 따라가며 입모양으로 중얼거렸다.

아름답군.

차지은이 눈을 반짝였다.

그녀의 달뜬 표정이 남심을 송두리째 집어삼켰다. 사랑에 빠진 여자의 수줍은 얼굴은 도발적이었다. 청순한 얼굴과 매혹적인 얼굴이 동전의 양면처럼 존재하고 있었다.

'내 생각보다 더 좋은 마스크를 가지고 있어.'

이도원은 내심 생각하며 연기를 계속했다. 그의 손끝이 그녀의 턱에 머물렀다. 가볍게 그녀의 턱을 바친 이도원이 얼굴을 바짝 가져갔다. 그때서야 차지은은 살짝 몸을 빼며 검지를 펴서 이도원의 입술을 막았다.

"진정해요. 우린 초면이라고요."

이도원은 피식 웃고는 깔끔하게 포기했다. 그녀를 놔준 이도원이 술잔을 내밀고 입모양으로 말했다.

건배.

한편 모니터로 장면을 바라보던 유태일 감독은 고개를 삐딱하게 기울이고 외쳤다.

"컷!"

그제야 스태프들이 숨을 제대로 쉬었다.

"괴물이네요. 완벽한 장면을 만들다니… 동선은 물론, 눈동자 위치까지 디테일한 감정 전달을 해 주고 있어요."

조연출의 말을 한 귀로 흘린 유태일 감독이 불만스러운 표정으로 두 배우에게 말했다.

"내가 마음에 안 드는 건 이미 오케이 컷이 나왔는데, 몇 번 씩이나 다른 느낌으로 촬영을 해야 한다는 거야. 의견을 굽힐 생각 없나?"

그 물음에 이도원은 고개를 저었다.

"두세 번 정도는 새로운 느낌으로 표현할 수 있을 것 같습니다."

"음."

고민한 유태일 감독이 주문했다.

"지금 감정선 그대로 가져가되, 다른 느낌으로 연기할 수 있다면, 한번 해 봐."

차지은은 눈을 동그랗게 뜨고 이도원을 보고 있었다. 그런 게 가능할 리가 있냐는 의문이 담긴 표정이었다.

이도원은 아랑곳 않고 자신감 넘치는 얼굴로 미소 지었다.

"할 수 있습니다."

대답한 그가 차지은에게 속삭였다.

"연기는 아주 작은 변화에도 달라질 수 있다는 것을 증명해 줄게."

*　　　*　　　*

영화 〈서커스〉의 촬영이 한창인 시간.

이상백은 백 엔터테인먼트에 가 있었다. 또한 그는 〈시네마 24〉의 김홍수 기자를 만나는 중이었다.

김홍수 기자가 고개를 절레절레 저으며 말했다.

"대단하네요. 레드 엔터와 전쟁을 치르는 와중에도 촬영에 집중할 수 있다니 말입니다."

이상백은 그 말에 동의했다.

"워낙에 강심장이니까요. 이건 그동안 저희가 구한 자료들입니다."

마침내 이상백이 용건을 꺼냈다. 그는 여러 개의 파일을 꺼내 책상에 펼쳐 보였다. 내용물을 확인한 김홍수 기자는 눈을 치뜨며 물었다.

"도대체 이런 자료들은 언제 다 준비하신 겁니까?"

"도원이는 줄곧 촬영에 매진하고 있지요. 레드 엔터테인먼트 쪽에서도 영화가 끝날 때까지 본격적이 공방전을 일으키리라는 생각은 하지 않고 있을 겁니다. 몸을 사리고 촬영에만 집중해야 할 시기이니까요. 하지만 도원이는 이럴 때일수록 움직여야 한다고 보고 있습니다."

김홍수 기자는 흥분한 낯빛으로 맞장구를 쳤다.

"분명 레드 엔터테인먼트에 카운터를 먹이는 상황이 되긴 할 겁니다. 백 프로덕션이 이도원의 백그라운드로 뛰어준다면 충분히 해볼 만한 싸움이고요. 그리고 이 자료는……."

끝을 흐린 김홍수 기자가 안경을 쓰며 말을 이어나갔다.

"정말 치명적이겠군요. 이미 기획기사와 지난 인터뷰를 통해 레드 엔터테인먼트에 의혹들이 제기되고 있는 상황입니다. 그런 관심이 꺼지기 전에 터뜨린다면 K.O까진 아니라도, 그로기 상태로 만들 수 있을 겁니다."

이상백은 고개를 끄덕이고 대답했다.

"기자님이 기사를 내시면 그때부터 다른 언론사에도 자료를 뿌릴 생각입니다. 동시에 윤세라 씨의 가족들이 경찰서에 고소장을 제출할 겁니다."

김홍수 기자는 긴장된 표정이었다. 연예계에는 여러 번 이런 일이 있어왔다. 하지만 속 시원하게 처벌받는 이는 없었다. 대부분 무혐의로 풀려났고 피해를 받은 사람만 소리 소문 없이 묻히고 말았다. 심지어 역고소를 당해 권선징악이 뒤집히는 경우도 빈번했다.

'과연 이번에는 다를까?'

그 표정을 가만히 바라보던 이상백이 입을 열었다.

"자료가 더 있습니다."

그는 소파 귀퉁이의 서랍장에서 한 장의 파일을 더 꺼냈다. 그러나 선뜻 건네지 않고 김홍수 기자에게 먼저 물었다.

"이 속에는 레드 엔터테인먼트가 하는 사업들이 들어가 있습니다. 지금까지 보신 성 상납, 스폰서 관련한 것은 모두 옵션으로 진행되는 내용들입니다. 일을 맡기면 제공해 주는 서비스 개념이지요. 진짜는 이 안에 있습니다."

김홍수 기자는 직업병인 호기심을 물리칠 수 없었다. 그는 바짝 마른 입가에 침을 묻히며 심호흡을 했다.

"얼마든 돕겠습니다. 제 직업이 아닙니까? 저를 믿고 보여주십시오."

이상백은 마침내 자료를 김홍수 기자에게 넘겼다.

그곳에는 그야말로 놀라운 사업들이 적혀 있었다.

힘을 가진 이들끼리 협력해 시스템을 만든 후, 그 속에 일반 사람들을 가두고 피를 뽑는 방식이었다.

예를 들면, 하는 것마다 대박이 나서 '연예인 주'라고 불릴 정도로 수익이 높은 종목들이 있다. 심지어 엔터 주도 그 안에 포함된다. 정치인, 재벌, 언론이 함께 게임을 만들고 연예인을 통해 홍보를 하면 개미들이 벌떼처럼 몰려들게 마련이다. 정보가 부족한 대중을 이용해 주가조작을 하고, 대중의 피를 빨아먹는 것이다.

한편 그렇게 번 돈으로 서로를 밀어주고 당겨주며 될 만한 사업을 만든다. 고위직 인사나 재벌들이 알고 만든 이 '될 만한 사업'에 대한 정보를 제공해 주면 이로빈과 같은 엔터테인먼트 사장은 얼씨구나 하고 그들에게 유흥을 제공한다.

"어떻게 이런 일이 가능한 겁니까?"

김홍수는 손을 덜덜 떨며 물었다.

이상백은 나직이 한숨을 쉬며 대답했다.

"나도 제안을 받았었기 때문에 자세한 정보가 있는 겁니다. 그들이 내게 당당하게 자료를 제공했다는 건 그만큼 자신이 있다는 뜻이겠지요. 이걸 터뜨린다고 해도 정말 진실을 세상에 알릴 수 있을지 알 수 없습니다. 사실, 회사의 명운을 놓고 그런 위험을 감수하고 싶지도 않고요."

"그런데 왜 이런 결정을 내리신 겁니까?"

"마치 인터뷰하는 것 같군요."

미미하게 웃은 이상백이 차를 한 모금 마시고 대답했다.

"이런 사실이 알려지면 그들은 레드 엔터테인먼트를 잘라낼 겁니다. 분명 어떤 증거도 남겨놓지 않았을 테고, 사실을 은폐하려면 그 방법이 가장 간단할 테지요. 어차피 사업 파트너로 삼을 기획사는 다시 만들면 될 일이니……."

참으로 간단했다.

찝찝한 기분 속에서, 김홍수 기자가 물었다.

"레드 엔터를 침몰시키기 위해 이런 위험을 감수하시는 겁니까? 재벌이나 정치권 사람들에게 안 좋게 찍히면 외압을 받을 수도 있을 텐데요."

"나는 도원이에게 약속을 했습니다."

이상백이 담담하게 말을 이었다.

"녀석이 어렸을 때 내가 말했습니다. 어른의 의무는 아이들을 지키고 보살피는 거라고 했지요. 모든 아이들을 사회의 악습 속에서 지켜낼 수는 없겠지만… 도원이만은 지키고 싶습니다. 그 녀석은 내 제자이기도 하고, 회사가 위태로울 때 날 구

72 연기의 신

해준 은인이기도 하며, 내가 팬으로서 기대하는 배우기도 합니다."

김홍수 기자는 코끝이 찡해졌다. 마음 같아서는 지금 이 이야기를 인터뷰로 내보내고 싶었다. 직업병이 도졌지만 그는 알고 있었다. 정말 아름다운 장면은 스쳐간다는 것을. 화면에 담고, 지면에 담을 수 있는 건 진정한 아름다움이 아니었다. 그런 김홍수 기자의 아쉬움은 뒷전인 이상백은 맑은 눈빛을 한 채로 대화의 마침표를 찍었다.

"레드 엔터테인먼트를 그대로 두면 도원이가 계속 힘들어질 겁니다. 난 이도원이 나오는 영화를 앞으로도 계속 보고 싶습니다. 그러니 기자님이 도와주십시오."


"이게 뭡니까?"

레드 엔터테인먼트 사옥의 대표이사 사무실이 뒤집혔다.

전체적으로 회사 분위기가 침울해졌을 뿐더러 임직원들은 입도 뻥긋하기 힘들었다.

"일처리를 그따위로 하니까 우리 정보가 샜는지, 백 엔터가 어떻게 움직일지, 아무것도 모르는 거 아닙니까?"

이로빈은 각 부서 팀장들을 불러다 나무랐다.

"돈을 받았으면, 받은 값을 해야지. 안 그래요?"

그때 법무팀 팀장이 손을 들었다.

이로빈이 표정을 찌푸리며 물었다.

"뭡니까?"

"대표님께서 미팅 내용을 일일이 밝히시는 것도 아니고, 이번 사건으로 인해 직원들도 매일같이 야근을 하고 있습니다."

"그래서요? 내 회사에서 나를 위해 일을 하는 게 잘못됐다고 말하고 싶은 겁니까?"

"대표님만의 회사가 아닙니다."

법무팀 팀장은 안경을 고쳐 쓰며 대답했다.

"대표님이 주축인 회사란 말이 맞겠죠. 우리 회사에 투자하는 투자자들, 소속된 가수나 배우, 임직원 모두가 지금 현재의 회사를 만들고 유지해나가는 요소입니다. 절대 대표님 혼자만의 회사가 아니에요."

그에 이로빈이 입가를 씰룩이더니 한숨을 푹 내쉬며 입을 열었다.

"그래서 어쩌자는 겁니까?"

"내일 법무팀으로 와주셨으면 합니다."

"왜요?"

"정확한 상황을 파악해야 적법한 대응을 할 수가 있습니다."

법무팀 팀장의 말을 들은 이로빈은 머리가 지끈거리는지 이마를 짚고 대답했다.

"회사의 법률고문으로 계실 때와 지금은 달라요. 그런 말을 다른 팀장들 앞에서 내게 해야되겠습니까?"

"그 점은 죄송합니다."

법무팀 팀장이 살짝 고개를 숙여 보인 후, 도로 앉았다.

이로빈은 헛웃음을 터뜨리며 고개를 저었다.

"다들, 오늘 아침에 뜬 기사 보셨죠?"

팀장들이 고개를 끄덕였다.

이로빈은 태블릿을 켜서 책상 한가운데 세웠다.

"다시 보십시오."

팀장들의 시선이 태블릿으로 갔다.

<레드 엔터테인먼트, 윤세라 성 상납 강요 의혹… '스폰서 연결'까지?>

<레드 엔터테인먼트… 스폰서 제안에 불응한 소속 가수, 배우들 응징?>

<윤세라 씨의 가족들 고소장 접수, 대상은 '레드 엔터테인먼트'>

괴로운 표정의 팀장들을 바라본 이로빈이 말했다.

"오늘 오후 회의 땐 한 분씩 대책을 마련해 오셔야 할 겁니다. 이런 일이 발생했다고 해서 회사가 흔들리진 않습니다. 그러니 문제없도록 직원들 단속 잘하십시오. 이상으로 회의 마치겠습니다."

팀장들이 방을 나가자 이로빈은 책상 위의 약통에서 신경 안정제를 꺼내먹었다.

팀장들과 교대해 들어온 비서는 얼른 물을 떠다주었다.

"괜찮으십니까?"

이로빈이 피식 웃으며 고개를 저었다.

"아니, 개떡 같아. 엔터테인먼트를 창립한 후로 가장 열 받는 날이야. 그런 자료들을 갖고 있었다니… 하루, 이틀 만에 준비할 수 있는 게 아니다. 제대로 뒤통수를 맞았어. 내 상대는 이도원이 아니라, 이상백 대표였다고."

비서가 놀란 듯 눈을 치떴다.

"대표님 말씀은, 우리를 곤경에 빠트린 게 이도원이 아니란 뜻입니까?"

그 질문에 복잡한 얼굴이 된 이로빈이 대답했다.

"의문이야. 이도원은 분명 미국에 있었어. 한국으로 들어온 지 얼마 되지 않았지. 그럼 이도원이 귀국하기 전부터 이상백이 이런 수작을 부려두었다는 건데……"

말끝을 흐리며 고민하던 이로빈이 지시했다.

"차 대기시켜."

"예?"

"백 엔터테인먼트로 갈 테니까 미리 연락해 놔. 이도원과 이상백, 둘 중 한 놈은 있겠지."

"알겠습니다."

짧게 대답한 비서가 방을 나갔다.

이로빈은 클래식을 틀어놓고 진정하려 애썼다.

'대체 언제부터 준비를 한 거지? 이도원이냐, 이상백이냐? 아니면… 둘 다냐.'

이로빈은 호기심에 관해서는 끈기가 없는 편이었다. 따라서 이도원이나 이상백을 직접 만나 궁금증을 풀 요량이었다. 그는 제대로 카운터를 얻어맞고도 대미지를 감췄지만, 그럼에도 온전한 정신을 가누기가 힘들었다.

남은 건 분노, 그리고 복수심이었다.

'누가 됐든 이대로 당하고만 있진 않겠다.'

*　　　　*　　　　*

그 시각, 이도원은 현장에서 전화를 받았다.

전화를 건 상대방은 바로 이상백이었다.

—아침 기사는 봤느냐?

"예. 잘 봤습니다."

—미국으로 떠나기 전에 네 부탁을 듣고 긴가민가했다. 배우가 아닌 모사꾼이 되어가는 것 같아서 걱정도 됐지. 쓸데없는 데 신경 쓴다고 말이야. 그런데 이런 일이 벌어질지 누가

상상이나 했겠냐? 귀국한지 얼마나 됐다고… 레드 엔터와 전쟁을 하게 될지.

"저도 혹시나 하는 마음에 부탁한 건데 대표님께서 생각보다 세밀한 부분까지 조사해 주셔서 놀랐습니다. 만약 준비된 자료가 부족했다면 영화에 외압을 가한 일도, 윤세라 사건도 침묵했어야 할 거예요."

─백 엔터테인먼트 역시 레드 엔터에서 받았던 것과 똑같은 제안을 받아봤기에 조사가 수월했다. 우리 회사도 벌써 오년이 넘었으니까, 그런 외압에 응하지 않은 곳치고 오래 버틴 편이지.

엔터테인먼트는 대개 유령회사거나 명줄이 짧은 곳들뿐이었다. 매출과 소속 배우진 양쪽에서 오 년 동안 괄목상대할 성장을 한 백 프로덕션이 대단한 것이다. 비록 중간에 위기는 있었지만 투자하는 작품이 대부분 손익분기점을 넘은데다, 소속 배우들도 승승장구하여 가능한 일이었다. 상념에 사로잡혀 뿌듯한 기분을 만끽한 이상백이 말을 이었다.

─이런 상황을 예견하고 가이드라인을 제시한 네가 잘한 일이지.

사실 이도원도 만약을 위해 이런 상황을 대비한 것뿐, 정말 진흙탕 싸움으로 번질 줄은 몰랐다. 물론 준비하지 않았다면 손 놓고 당했을 테지만.

"이제부터가 진짜겠죠?"

—그래, 하지만 너무 걱정 마라. 네 뒤에는 언제나 백 프로덕션과 내가 있어.

"물론 알지만… 저들도 분명 반격해 올 겁니다. 궁지에 몰린 쥐는 고양이를 무는 법이니까요."

—아무리 거칠어도 마지막 발악일 뿐이다. 넌 신경 쓰지 말고 연기에 집중해라.

"알겠습니다."

이도원은 전화를 끊었다.

곁에 있던 차지은이 궁금한 표정으로 물었다.

"뭐예요? 레드 엔터 이야기도 나오는 것 같던데, 오늘 아침에 터진 기사랑 관련된 거예요?"

"글쎄."

이도원은 모호하게 답하며 화제를 돌렸다.

"내가 지난번에 말한 건 생각해 봤어?"

"작은 포인트만으로 변화된 느낌을 전달할 수 있다! 물론 연습했어요. 이따 보여드릴게요."

서둘러 대답한 차지은이 대화를 원점으로 돌렸다.

"지난번 인터뷰도 그렇고, 레드 엔터테인먼트와 직접적으로 싸우고 있는 것 맞죠?"

"그래."

"오빠, 전 반대예요."

차지은은 걱정스럽게 말을 이었다.

"그냥 신경 쓰지 마세요. 크게 자극할수록 긁어 부스럼을 만드는 게 될 거예요. 전 레드 엔터테인먼트에서 아역 배우부터 생활했어요. 그들이 얼마나 비열해질 수 있는지 알고 있다고요."

이도원은 대답하지 않고 빤히 그녀를 응시했다.

입술을 달싹이던 차지은이 다시 입을 열었다.

"같이 있던 동료 여자애가 있었어요. 전 불려가지 않았지만 그 애는 대표실로 불려갔죠. 고등학교 일학년 때 스폰서 제의를 받은 거예요."

"그래서?"

"야망이 큰 친구였어요. 유명한 배우가 될 수만 있다면 어떤 모욕도 감수할 수 있다고 여겼죠. 결국 어린 마음에, 조급하게 대표의 제안을 승낙하고 말았어요. 완전 아역 때부터 저와 때로는 경쟁자로, 때로는 둘도 없는 친구로 지냈었는데… 전 그 애가 삼 년 후 매몰차게 버려지는 걸 봐야 했죠."

이도원은 조용하게 분노하고 있었다. 성인도 아닌 미성년자를 데려다 꿈을 이용하고, 그릇된 희망을 주입하고, 돈벌이로 삼은 것도 모자라 써먹을 데까지 써먹고 팽시켰다. 인면수심(人面獸心)이 아니라면 할 수 없는 일이다. 굳은 표정의 이도원을 마주한 차지은은 덜컥 겁이 났다.

'아… 잘못 말했어.'

저들이 추악하고 더러운 방법을 서슴없이 쓴다는 사실을 듣고 겁을 먹을 사람이 아닌 것이다. 상대가 악하다는 걸 알려줄수록 이도원의 적개심은 높아질 터였다.

역시나, 이도원이 말문을 열었다.

"네 말은 알겠다. 날 걱정하는 심정도 잘 알아. 하지만 그런 말도 안 되는 일을 언제까지 저지르게 할 수 없잖아. 옛날에, 이상백 대표님이 하셨던 말씀이 있어. 모든 어른은 아이들을 보호할 의무가 있다고 하시더군. 그것만 생각해도 내가 위험을 감수하고 레드 엔터테인먼트를 무너뜨릴 이유는 충분해."

이도원은 자리에서 일어났다. 분노에 찬 표정을 차지은에게 보이고 싶지 않았기 때문이다.

그때 멀리서 유태일 감독이 두 사람을 불렀다.

차지은은 그 틈에 아무 일도 없었던 것처럼 얼굴색을 바꾸며 이도원의 팔짱을 꼈다.

"가요, 오빠."

이도원은 못 이긴 척 끌려갔다.

두 사람이 도착하자 유태일 감독이 콘티를 내밀었다.

콘티에 들어 있는 내용은 이도원이 화가인 차지은의 작업실에서 그림 하나를 망연히 바라보는 장면이었다. 그 후 차지은이 커피를 내오자, 두 사람은 사랑스러운 눈빛으로 키스를 한다. 호흡이 거칠어지며 배드신으로 넘어가기 전까지 카메라에 담을 예정이었다.

짓궂게 웃은 유태일 감독이 말했다.

"감정 연기야 알아서 잘할 거고. 스킨십이 문제인데… 격렬하게 해야 돼. 알지?"

이도원과 차지은의 표정이 살짝 굳었다. 이어서 웃음을 참는 것처럼 입가가 씰룩이고 얼굴에 홍조가 피어났다.

썩 좋아하는 두 사람을 보며 유태일 감독이 농담을 던졌다.

"일부러 엔지 내지는 말고."

스태프들이 웃음을 터뜨렸다.

차지은은 얼굴이 새빨개져서 이도원의 눈을 피했다. 그 모습에 장난기가 발동한 이도원은 부끄러운 기색을 지우고 일부러 눈을 맞추며 물었다.

"키스는 할 줄 알아?"

"네?"

차지은은 딱딱하게 대답하며 굳었다. 그녀가 만약 뜨거운 주전자였다면, 귀에서 연기가 나면서 시끄러운 경보음이 울려 퍼졌을 것이다.

씨익 웃은 이도원이 그녀의 어깨를 덥석 잡았다. 차지은이 흠칫 떨자, 이도원이 얼굴을 바짝 가져갔다. 그 돌발 행동에 차지은은 고개를 숙이고 몸을 빼냈다. 그 과정에서 저도 모르게 이도원의 목을 밀쳤다.

"컥."

이도원이 목을 감싸고 고개를 돌리자 화들짝 놀란 차지은이 물었다.

"괜찮아요?"

순간 이도원이 미소 띤 얼굴을 돌리며 대답했다.

"장난이야. 긴장 좀 풀렸지?"

"휴, 장난 좀 치지 마요."

"오케이, 키스는 진지하게 할게."

"오빠!"

차지은이 빽 소리를 지르자 유태일 감독이 엄살을 떨며 농담조로 말했다.

"귀청 떨어질라. 그 기세로 격렬하게, 알았지?"

두 남자의 시도 때도 없는 농담에 차지은은 머릿속이 넝마가 돼버렸다.

이도원은 피식 웃으며 콘티를 보았다.

'긴장을 어떻게 풀어준다.'

그의 표정이 사뭇 진지하게 바뀌었다.

몇 번 농담을 던지면서 깨달은 사실은 차지은이 지금껏 키스신이나 배드신을 촬영해 본 적이 없다는 것이다. 활동 경력은 제법 오래됐지만 대부분 가족 드라마나 수사 드라마, 뮤지컬이나 광고 위주로 활동했기 때문이다. 이건 이도원에게는 미처 상상도 해보지 못한 경우였다.

'경력이 몇 년인데 아직까지 키스신이 한 번 없어?'

물론 이도원도 경험이 많진 않다.

나직이 한숨을 쉰 이도원은 차지은을 빤히 응시했다. 남녀를 불문하고 키스신은 굉장히 민망하다. 그건 경력자든 아니든 똑같았다. 다만 적응력에 차이를 보인다. 즉, 이번 촬영의 관건은 두 배우가 얼마나 빨리 적응하느냐에 달려 있었다.

이윽고, 이도원이 입을 열었다.

"그냥 흐름에 몸을 맡겨. 아무 생각도 하지 마. 적응이 되고 여유가 생기면 서로를 사랑스러운 눈빛으로 바라볼 수 있을 거야."

연인끼리도 시간이 지나면 스킨십이 자연스러워지는 것처럼, 배우도 적응이 필요했다. 단 한 번의 엔지도 나지 않는 것은 불가능에 가까웠다. 기왕 엔지가 날거면, 그 시간에 직접 부대껴서 적응하는 편이 낫다. 한바탕 싸움을 하다 보면 머릿속에 하얘지고 고통이 없어지는 것처럼.

나름대로 배려한 말이었지만 차지은은 이도원을 노려봤다.

'흐름에 몸을 맡겨? 아무 생각도 하지 말라고? 그러다 보면… 사랑스러운 눈빛으로 바라볼 수 있을 거라고?'

서운했다.

자신의 마음을 안다면 그런 말을 하면 안 된다. 마음 같아서는 외치고 싶었다.

이 장면은 연기 이상의 의미가 있다고, 굳이 연기를 하지 않아도 사랑스러운 눈빛으로 볼 수밖에 없다고.

그녀의 표정을 읽은 유태일 감독의 입가에 은근한 미소가 걸렸다.

'재밌겠군.'

그는 클로즈업했을 때 차지은의 눈빛이 궁금했다. 그녀의 재량 이상 연기력이 나온다면, 그건 빈 공간을 '진심'이라는 감정이 채운 것이다. 그리고 배우의 진심을 카메라에 담는 일은 감독에게 가장 즐거운 순간 중 하나였다.

"컷! 엔지."

벌써 열다섯 번째 엔지였다.

차지은은 머릿속이 백지화됐다. 도무지 혼미한 정신을 붙잡기 힘들었다. 그녀에게 이번 장면은 연기가 아닌, 현실적으로 직면한 문제였다. 이도원에게 품은 오랜 감정을 재확인하는 것밖에 안 됐다.

"…죄송해요."

차지은이 기어들어가는 목소리로 말했다.

비록 강도 높은 노출은 없다지만, 키스씬에서 배드씬으로 이어지는 장면은 부담을 느낄만한 부분이기 때문에 스태프들은 그녀를 나무라지 않았다. 그건 이도원도 마찬가지였다.

"괜찮아, 준비되면 얘기해."

응원을 보낸 이도원은 속으로 고민했다.

한 시간이 다 되어가도록 키스 씬 하나도 끝내지 못하고 있었다. 분장팀은 배우들의 입술이 부르트지 않도록 립 클로즈를 발라주었다.

"휴우."

차지은의 한숨 소리가 들려오자 이도원은 피식 웃었다.

'캐릭터 설정을 바꾸는 게 더 빠를 것 같은데.'

생각한 그는 유태일 감독을 쳐다봤다.

블랙커피를 마시고 있는 유태일 감독 역시 비슷한 생각을 하는지, 고민하는 표정이 역력했다.

"배우들, 잠깐 와보세요."

마침내 유태일 감독의 말에 이도원과 차지은이 모니터로 갔다. 잠시 머릿속으로 할 말을 정리한 유태일 감독은 커피를 내려놓고 입을 열었다.

"굉장히 자유분방하고 도발적인 매력의 여주인공을 그렸지만, 사실 분량 자체가 많지 않기 때문에 성격을 바꿀 수 있어."

"감독님."

차지은은 자신 때문에 시나리오가 영향을 받는 게 싫은지, 불편한 표정으로 그를 불렀다. 그러나 유태일 감독은 합리적인 판단을 우선시했다.

"지은이가 연기를 잘하고 못하는 문제가 아니야. 계속 찍으면 언젠가는 우리가 원하는 장면이 나오겠지. 하지만 지금 지은이의 감정을 살려서 촬영하는 편이 훨씬 자연스러운 장면으로 연출될 것 같아서 바꾸자는 거야."

차지은은 순식간에 얼굴이 새빨개졌다.

유태일 감독이 개의치 않고 말을 이었다.

"평소에는 발랄하고 자유분방하되, 순수한 내면을 가진 느낌으로 가자. 지은이는 신경 쓰지 않고 그대로 연기하면 돼. 그리고 도원이는 거칠게 스킨십을 하지 말고 조심스럽게 가는 걸로."

"알겠습니다."

이도원은 답하며 고개를 끄덕였지만 속으로는 한 가지 의문점이 들었다. 진즉 캐릭터 설정을 수정하지 못한 이유가 있기 때문이다. 지금 와서 성격 수정을 하게 되면 현재까지 촬영한 차지은 분량을 엎고, 다시 촬영을 해야 하는 상황이 벌어지는 것이다.

'다시 촬영할 것 같진 않은데.'

유태일 감독은 곧 그 궁금증을 해소시켜 주었다. 그는 지난 차지은 분량을 돌려보며 조연출에게 동의를 구했다.

"대사는 많지 않으니까, 끈적거리는 음악 대신 맑고 튀는 걸로 깔고, 명도 좀 조절하면 나오지 않겠어?"

"글쎄요… 작업해 봐야 알겠지만, 선배님이 그렇다면 그렇겠죠?"

조연출은 유태일 감독에게 절대적인 믿음을 보냈다.

고개를 끄덕인 유태일 감독이 배우 두 사람을 보며 말했다.

"하던 장면 계속 가지."

"예."

"후우……."

이도원은 대수롭지 않게 대답한 반면 차지은은 결연한 다짐을 했다.

힐긋 그녀를 본 이도원이 말했다.

"잘하려고 하지 마. 테이크 수에 구애받지도 말고. 아까 내가 말했듯이, 그저 흐름에 몸을 맡겨."

차지은은 고개를 끄덕이며 어색하게 미소 지었다. 걱정 말라는 의미였지만, 얼마나 긴장했는지 더 확실히 보여준 꼴이 됐다. 하지만 이도원은 내색하지 않고 물었다.

"내가 비밀 하나 알려줄까?"

"네?"

이도원과 마주 선 차지은이 되물었다.

그러자 빙그레 웃은 이도원이 말했다.

"나도 비슷한 감정이야. 떨리고 두근두근 해."

그가 덧붙였다.

"이전까진 캐릭터 성격 때문에 거친 표현 방식으로 연기했지만 이제부턴 더 내 마음과 가까운 표현을 할 수 있을 것 같다."

차지은은 심장이 쿵 떨어지는 기분이 들었다. 이도원의 말은 간접적인 고백이었기 때문이다. 그러나 그녀는 선뜻 이해하지 못했다.

'이게 무슨……?'

물을 새도 없이, 유태일 감독이 신호를 보냈다.

"레디, 액션."

이도원은 그녀의 머리카락을 쓸다가 얼굴을 가져갔다.

차지은이 그 흐름에 홀리듯 눈을 스르륵 감았다.

두 사람의 입술이 맞닿았고, 부드럽고 촉촉한 촉감에 심장이 짜릿했다. 한참 서로의 입술을 느끼던 그들은 조금 더 딥하게 사랑을 나누었다.

카메라감독은 바짝 긴장한 표정으로 촬영을 했다. 두 배우가 어렵사리 키스를 성공한 지금, 이 순간을 아름답게 승화시키는 건 그의 몫이었기 때문이다.

모두의 노력으로 자연스러운 키스 씬이 나오자 유태일 감독이 지시했다.

"컷, 오케이!"

마침내 떨어진 오케이 사인이었다.

이도원은 차지은과 천천히 떨어졌다. 아직 그녀는 눈을 질끈 감고 있었다. 이어서 고개를 푹 숙이며 침묵했다.

그런 차지은을 가볍게 안고 등을 두드리며 이도원이 빙그레 웃었다.

"수고했어."

그 모습을 지켜보던 조연출이 유태일 감독에게로 고개를 돌리며 말했다.

"제법인데요?"

"그렇게 튕기더니… 능구렁이 같은 녀석."

말은 그렇게 하면서도 유태일 감독은 기쁜 얼굴을 했다.

키스 씬을 무사히 끝내자 둑이 터진 듯했다. 드디어 다음 장면으로 넘어간 것이다.

'휴우.'

얼굴이 딱딱하게 굳은 차지은은 침대에 누웠다. 산 넘어 산이었다. 키스도 모자라 이번에는 스킨십이라니. 그녀는 여배우이기 전에 여자로서 엄청난 부담감이 들었다. 특히 여러 사람들이 보는 가운데 연기를 해야 한다는 사실이 곤혹스러웠다.

비록 차지은보단 덜했지만, 그건 이도원도 마찬가지였다.

'으음.'

이십 대 중반을 넘긴 나이였지만 이번 생에서는 여자와 스킨십을 했던 적이 없었다. 지난 삶에서는 경험이 있었지만, 너무 퇴색된 기억이었다. 하지만 가늘게 떨고 있는 차지은에게 어설픈 모습을 보일 수는 없었다.

'허세부리긴 싫지만.'

별다른 선택의 여지가 없었다. 적어도 한쪽은 능숙해야, 나머지 한 명이 덜 불안할 터였다.

두 배우의 미묘한 공기를 비집고 유태일 감독이 신호를 보냈다.

"준비됐으면 액션."

유태일 감독은 장난기를 보였다.

반면 직접적으로 촬영을 하는 스태프들은 긴장을 유지했다. 민감한 촬영이기에 최대한 실수 없이 끝내야 하기 때문이다. 이런 씬일수록 현장 자체가 가벼운 분위기가 되면 배우들은 더 연기에 집중하기 힘들어진다.

'정신 차리자.'

단단히 마음먹은 이도원은 이도원이 차지은의 곁에 누워 팔베개를 해주었다. 현장의 공기와 침대 시트는 차가웠다. 그런 가운데 살과 살이 맞닿자 따뜻한 온기가 전해졌다. 부드러운 감촉에 이도원과 차지은 모두 찌릿찌릿한 느낌을 맛보았다.

마이크에도 잡히지 않도록 꾹 억눌러서 날숨을 뱉은 차지은은 이도원의 얼굴을 올려다보며 대사를 쳤다.

"당신이 좋아요."

진심이 느껴졌다.

이도원은 빤히 그녀를 응시했다.

점점, 촬영 현장이라는 사실이 뇌리에서 지워졌다.

둘만의 공간으로 변모한 침대 위에서, 한 이불을 덮고 누운 이도원이 입모양으로 대답했다.

나도 네가 좋아.


*          *          *


그 시각, 레드 엔터테인먼트.

이로빈은 독사같이 번들거리는 눈빛으로 책상 앞에 앉아 있었다. 책상 위에는 경찰서에서 온 소환장을 비롯해 투자사들의 투자금 반환 요청, 여러 TV프로그램에 예정돼 있던 소속 가수나 배우들의 계약 파기 문서 등이 나열돼 있었다.

"꼬리를 자르려고 안달이 났군."

이로빈은 이를 으드득 갈며 중얼거렸다.

어두운 표정의 비서실장이 보고했다.

"대표님. TV프로그램 섭외 취소 등은 모두 방송국장이 직접 내린 지시라고 합니다."

"그렇겠지. 다음은 주변 기획사들을 이용해서 우리 소속사 애들을 빼 갈 거고."

"이대로 두고 보실 겁니까?"

"공든 탑을 쌓는 데 이십 년이 걸렸다. 그런데 무너지는 건 두 달도 걸리지 않는군. 사실 백 엔터나 이도원을 원망할 일은 아니야. 김봉민 의원이나 차기열 회장의 눈 밖에 났기 때문에 이런 일이 일어난 거지."

"아직 충분히 막을 수 있습니다."

이로빈은 고개를 저었다.

"김봉민 의원만 없다면 돈으로 막을 수 있겠지만… 김봉민 의원이 버티고 있는 이상 공권력을 매수할 순 없다."

그는 헛웃음을 흘리며 말을 이었다.

"김진우와 이도원을 촬영에서 제외시키면 밀어준다는 이야기 들었을 때 절호의 기회라고 생각했다. '할 수 있다'고 말하는 순간, 실패했을 때 책임도 져야 할 거라더군. 난 유혹을 뿌리치지 못했고, 사실 백 엔터테인먼트가 언론을 이용해 이 사건을 문제 삼은 순간부터 예정돼 있던 일이었어. 자네는 초기부터 나와 함께 했지?"

비서실장은 고개를 끄덕이고 대답했다.

"예. 열 평 남짓한 대표님 오피스텔에서부터였죠. 회사가 클수록 변변한 학벌도, 능력도 없는 전 막막했습니다. 제 밑에 애들이 치고 올라오니까요. 그런데도 곁에 두고 끝까지 챙겨주신 분이 대표님입니다. 저는 대표님과 함께합니다. 그러니 처음부터 다시 시작하시면 됩니다."

그 말에 이로빈이 고개를 저었다.

"높이 올라가 본 사람은 언제든 다시 올라갈 수 있을 것 같지만, 그 반대네. 높이 올라갔을수록 떨어졌을 때 다시 일어나지 못하는 법이야. 두 번이란 없네. 난 이제라도 이도원과 김진우를 무너뜨리고 김 의원에게 도움을 청할 생각이야."

비서실장은 고개를 숙이며 불편한 표정을 감추고 물었다.

"제가 할 일을 알려주십시오."

이로빈의 눈이 순간 악의와 광기로 물들었다.

"두 놈을 마약 사건으로 엮을 생각이네. 성공만 한다면 놈들은 절대 빠져나올 수 없어. 뒤처리는 김 의원이 알아서 해줄 테니까……."

이로빈의 지시를 받은 비서실장이 걱정스레 물었다.

"이번 일로 차기열 회장의 손해가 막심한데, 만약 차기열 회장이 김 의원에게 딴 소리를 하면 어떻게 합니까? 독박을 쓰게 될지도 모릅니다, 대표님."

일리가 있는 말이었지만 이로빈은 고개를 저었다.

"이번 고비만 극복하면 손해 본 부분은 복구해 준다고 적당히 어르고 달래야지. 차광렬 전 회장이라면 모를까, 차기열 회장은 김 의원의 입김에 따라 움직일 수밖에 없네. 김 의원도 우리가 아직 필요한, 잘 길들인 사냥개란 사실을 확인하면 우릴 버리지 못할 거야."

"알겠습니다. 최대한 깔끔하게 처리하겠습니다. 김진우와 이도원만 도려내면 되는 겁니까?"

"그래. 난 김 의원님께 연락해 보도록 하지."

비서실장이 고개를 숙여 보이고 방에서 나갔다.

다음으로 이로빈은 김봉민 의원의 비서실로 연락을 취했다. 그러자 머지않아 김봉민 의원의 비서실장 남대경이 전화를 받았다.

─누구십니까?

"레드 엔터테인먼트 이로빈 대표입니다."

그 말에 남대경이 다시 물었다.

─이 대표님께서 어쩐 일이십니까?

혀끝이 날카로웠다.

이로빈은 녹음 기능을 켜고 대답했다.

"의원님 계십니까? 지난번 부탁받은 건으로 연락드렸습니다."

─무슨 말씀이신지 모르겠군요.

대답한 남대경이 덧붙여 말했다.

―누구에게 어떤 부탁을 받으셨는지 모르겠지만 의원님과 관련된 일은 아닐 겁니다. 누군가 의원님을 사칭한 일이 있거나 문제가 있다면, 사무실로 직접 방문에서 해결방안을 모색해보도록 하시죠.

'미꾸라지 같은 새끼.'

마치 녹음한다는 것을 훤히 안다는 듯이 대응하는 남대경을 보며 이로빈은 속으로 욕지거리를 뱉었다. 그러나 겉으로 내색하지 않고 공손하게 대답했다.

"알겠습니다. 제가 직접 사무실로 방문하지요."

―예, 그럼.

남대경이 전화를 뚝 끊었다.

이로빈은 다음으로 차기열 회장에게 전화를 걸고 이번에도 녹음 버튼을 눌렀다. 혹시라도 일이 틀어져 독박을 쓰게 됐을 시, 곤경을 탈출할 대비책을 마련해 놔야 했다. 신호음이 들려오고, 머지않아 차기열 회장이 전화를 받았다.

―이 대표, 미안하지만 전화하지 마십시오.

전화가 뚝 끊어졌다.

이도원에게 예상치 못한 반격을 당했기 때문에, 이로빈의 대처는 늦은 감이 있었다. 그는 휴대폰을 집어던지며 외쳤다.

"젠장!"

이로빈이 신경질적으로 책상을 쓸어버렸다.

문서들과 전화기가 떨어졌다. 그리고 그 아래 가려져 있던 조간신문이 모습을 드러냈다.

신문 1면에는 안 그래도 폭발 직전인 이로빈의 속을 또 한 번 뒤집을 기사가 실려 있었다.

**—이도원, 연예계 이미지를 갉아먹는 독초 '레드 엔터테인먼트'의 비리를 속 시원히 밝히다.**


2025년 4월 25일.

영화 〈서커스〉 촬영은 막바지에 돌입했다. 뜻밖에도 두 달여 촬영 기간 동안 제작 과정은 순항했다.

그 와중에 이도원은 간간히 레드 엔터테인먼트의 동향을 살폈다. 이로빈은 '윤세라 사건'을 계기로 불구속 입건되어 조사를 받는 중이었다.

현장으로 가는 차 안, 운전대를 잡은 이진빈이 물어왔다.

"형, 이로빈이랑 레드 엔터요. 항상 그랬듯이 이번에도 지지부진하게 끌다가 유야무야 되면 어쩌죠?"

대본을 보던 이도원이 고개를 들며 대답했다.

"아마 이번에는 쉽게 빠져나가지 못할 거야. 〈서커스〉에 외압을 행사했던 일과 엮여서 영화가 개봉하면 앞으로도 쭉 회자될 거야. 더구나 전과 달리 기획 기사로 줄줄이 나가면서 크게 이슈가 됐기 때문에 관심도 쉽게 수그러들지 않을 테고."

이진빈이 고개를 갸웃하며 물었다.

"대략적인 지도는 이상백 대표님이 그리셨다고 들었는데, 대체 어떤 경로로 모든 증거들을 수집했던 거예요?"

"이로빈은 그동안 회사 경영을 하면서 든든한 인맥을 믿고 적을 만들어왔어. 겁 없이 부정한 일도 서슴지 않았지. 지난 번 날 겨냥해서 KAS국장 딸이 연루된 스폰서 의혹을 만들기도 했고."

"원한을 많이 샀군요."

"그래. 그렇게 적의 적들이 아군이 된 거지. 이로빈이 마음에 안 들지만, 그렇다고 소모전을 하고 싶지도 않던 참에 총대를 메 줄 사람이 나타났는데 협조를 안 하고 배기겠어?"

"쥐도 새도 모르게 물밑 작업을 해두었던 거예요?"

그 질문에 이도원은 고개를 끄덕였다.

"오르막이 있으면 내리막은 반드시 나타나. 무슨 일이든 잘 풀릴 때 문제 대비를 해두어야 하는 법이지. 이건 나도, 이 대표님도 같은 생각이야."

"와우! 두 분 팀워크가 장난 아니시네요."

이진빈이 호들갑을 떨었다.

피식 웃은 이도원이 고개를 저었다.

"이런 일이 없어야 정상이지."

"하긴, 그건 그렇습니다."

대답한 이진빈은 화제를 돌렸다.

"그나저나 스태프 사이에서 소문이 자자하던데요? 형이랑 차지은 씨랑 사귄다고 말입니다."

"왜?"

"키스씬, 배드씬 때 분위기가 야릇하셨다고……."

"오해다."

딱 자른 이도원이 덧붙여 말했다.

"아직 정식으로 고백 안 했어."

"헐."

입을 딱 벌리며 놀란 이진빈이 이어 물었다.

"그럼 형님께서 차지은 씨를 마음에 두고 계시다, 뭐 그런 건가요? 지금 이 중요한 순간에 대본만 보시면 안 됩니다."

이도원은 대본을 내려놓으며 한숨을 쉬었다.

"현장에서 똥 싸면 네 덕이다. 궁금한 게 뭐야?"

"차지은 씨는 남자들의 우상이라고요. 모든 남자들의 이상형. 근데 어떻게 형이랑 그렇고 그런 관계가 된 거죠? 현장에서 무슨 일이 있었던 건지 궁금합니다. 다른 건 몰라도, 차지은 씨 팬클럽 간부로서 꼭 알고 싶습니다."

이진빈은 제법 진지했다.

반면 이도원은 게슴츠레한 눈으로 백미러를 응시하며 대답했다.

"둘 이야기를 꼭 알아야겠어?"

"알아야 합니다. 공인이시잖아요."

전에 없이 강경한 모습이었다.

이진빈이 말을 이었다.

"당연히 형이 먼저 고백하신 거겠죠? 대체 어떻게 그런 미녀의 마음을 빼앗은 겁니까?"

"여배우도 사람이다."

대답하는 동시에 이도원은 미소를 띠었다. '저도 평범한 여자예요'라고 말하던 차지은의 모습이 떠오른 것이다.

한편 이진빈은 세차게 고개를 저었다. 오랫동안 차지은 팬카페 일원으로 활동해왔고, 심지어 카페 간부였다. 고등학교 시절이나 군대에서 조차 선후임들 몰래 팬레터를 쓰기도 했다. 그는 백 엔터테인먼트 매니저가 된 후 차지은을 종종 가까이서 볼 수 있는 사실만으로도 즐거운 사람이었다.

'차지은 매니저가 되는 게 꿈이었는데.'

이진빈은 괜히 이도원이 야속했다.

이도원은 백 엔터테인먼트 대표이자 소속 배우 중 가장 큰 인지도를 가진 배우였지만, 그에게 중요한 건 그런 것이 아니었다. 중요한 건 담당 배우가 차지은이 아닌 이도원이란 사실이었다. 허황된 꿈에서 현실로 돌아온 이진빈이 다시 입을 열어 물음을 던졌다.

"대체 언제부터……."

이도원은 더 받아주지 않고 귀마개를 꼈다. 그가 대화를 단절하고 대본으로 시선을 돌리자, 이진빈은 입맛을 다시며 혼잣말로 중얼거렸다.

"부럽다. 중학교 때부터 내 이상형을……."

두 사람은 삼십여 분이 더 걸려서 현장에 도착했다.

이번 장면은 이도원과 김진우가 마지막 싸움을 벌이는 장면이었다. 영화의 라스트 씬을 마지막에 촬영하게 된 상황인 것이다.

이도원과 김진우가 겹치는 장면은 지금껏 딱 한 번이었다. 두 사람이 쫓고 쫓기는 장면이 교차돼서 나올 뿐 한 프레임(frame : 영화 필름 한 장)에 등장했던 적은 없었다. 그런데 이제서 다시 만났다.

오랜만에 재회한 김진우는…….

"영화 촬영, 시작과 끝을 함께하게 됐군."

무언가 달라져 있었다.

김진우가 먼저 말을 붙인 것이다.

이도원이 고개를 돌리며 그에게 물었다.

"우리가 친밀한 관계였던가?"

"적이 될 것도 없지."

김진우는 입가에 미소를 띠며 대답을 이어나갔다.

"나는 곧 레드 엔터테인먼트에서 나올 예정이다. 주변에서 듣기로, 백 엔터테인먼트에 대한 칭찬이 자자하더라고."

이도원은 그가 태도를 바꾼 이유를 알 수 있었다. 초조한 기색을 감추고 있지만 내심 불안한 것이다. 레드 엔터테인먼트를 나온다면 갈 곳이 없었다. 아버지인 김봉민 의원의 외압으로부터 방패막이가 되어줄 수 있는 기획사는 백 엔터테인먼트뿐이었다.

사정을 알고 잠시 침묵하던 이도원이 물었다.

"뭔가를 요구하려면 당당하게 밝혀라. 그래서 네가 원하는 게 뭐지? 백 엔터 소속 배우가 되고 싶다는 건가?"

한차례 눈꺼풀을 뜬 김진우가 짧게 답했다.

"그래."

자존심이 크게 상한 것처럼 보였다.

경쟁자라고 생각하고 못 잡아먹어 안달하던 이도원에게 부탁을 하는 것도 속이 쓰린데, 밑으로 들어가게 해달라는 말을 하고 있는 셈이었다.

김진우가 어렵사리 다시 입을 열었다.

"내가 한국에서 활동하려면 네 도움이 필요하다."

이도원은 현장에서 길게 할 이야기가 아니라는 생각이 들어 대답했다.

"나중에 따로 얘기하지. 사무실로 한번 와."

김진우는 입술을 깨물고 고개를 끄덕였다.

그 모습을 보며 이도원은 마음속이 복잡해졌다.

'김진우.'

배역 때문에 자신을 살인교사했던 자. 그 덕분에 20년 전으로 돌아와 지금의 삶을 살 수 있게 됐지만, 죽음의 순간 느낀 끔찍한 기억은 잊을 수 없었다. 물론, 타임 슬립을 하며 운명이 바뀌었다. 따라서 엄밀히 말하면 이번 생에서는 김진우와 원수지간이 아니었다.

'용서해야 하는가?'

이도원은 스스로 자문했다.

김진우는 여전히 이기적이었으며 성공을 위해서라면 물불을 가리지 않는 성격 그대로였기 때문이다. 지금이야 무려 20년을 앞선 이도원을 따라올 수 없었지만, 만약 지난 삶에서처럼 승승장구해서 대한민국 최고의 스타가 되었다면 김진우는 더욱 이기적이고 물불 가리지 않는 인간이 됐을 터였다.

'자신의 욕심을 위해서라면 비도덕적인 일이라도 합리화를 한다. 비도덕적인 일을 해서 성과가 있고 들키지 않는다면 점점 더 대담해졌겠지. 자신의 욕망을 위해서라면 수단과 방법을 가리지 않는 인간이 김진우다.'

용서는 안 된다. 그렇다고 전혀 이해가 가지 않는 것은 아니었다. 이도원은 우연찮게 김진우가 자라온 환경을 알게 됐고 습관처럼 그의 심층구조를 분석해 보았다.

'김진우는 어려서부터 부모의 사랑을 받지 못했을 뿐더러, 이 세상에 혼자였기 때문에 항상 전후 사정 생각하지 않고 원하는 일을 저질렀을 것이다. 또한 김봉민 의원은 김진우의 입을 막기 위해 경제적인 지원을 퍼부었을 테고, 김진우는 원하는 것을 대부분 가져왔을 터. 한국으로 온 뒤에는 훤칠한 외모와 독보적인 연기력으로 세간의 주목을 받았을 테고, 나만 없었어도 탄탄대로를 걸었겠지.'

여기서 풀리지 않는 의문은 김진우가 굳이 살인교사라는 범죄를 저질렀을 정도로 〈서커스〉라는 영화가 큰 의미를 가졌었다는 사실이었다.

'왜지?'

그 이유를 현실의 김진우에게 묻는다 해도 알 수 없을 터였다. 오직 과거의 김진우만이 알고 있는 것이다.

거기까지 생각이 미치자 이도원은 억울한 기분이 들었다.

'내가 죽어야 했던 이유조차 알아낼 수 없는 건가?'

그런데 김진우는 구해달라고 요청하고 있었다.

이도원으로서는 고해를 들을 대상도, 복수를 할 대상도 사라진 느낌이었다. 그저 이제는 과거를 잊고 현실에 충실하라는 말을 듣는 것 같았다.

이 모든 사고는 찰나에 이루어졌다. 그 짧은 순간 만에 이도원의 복잡한 심경을 읽은 유태일 감독이 물었다.

"무슨 일이지? 얼굴색이 좋지 않은데."

"아닙니다."

짤막하게 대답한 이도원이 말을 이었다.

"촬영 시작하시죠."

그는 김진우가 기다리고 있는 현장으로 갔다.

배우의 내면에 민감하게 반응하는 유태일 감독은 마음 한 구석이 불편했지만, 배우가 말하지 않으면 알 도리가 없었다. 캐물어봐야 역효과만 불러올 수 있었기 때문이다. 결국 그는 별수 없이 지시를 내렸다.

"카메라 롤."

카메라가 작동했다.

그 순간 유태일 감독의 신호가 이어졌다.

"레디, 액션."

이도원은 피 분장을 한 채로 K—1 소총을 들고 숨었다.

김진우는 리볼버 M60, 38구경 권총을 겨냥한 채 그를 쫓았다.

숨 막히는 추격적은 카메라 세 대가 담았다.

그중 두 배우를 조이는 풀 샷.

서로 벽 하나를 등지고 선 상태로, 김진우가 말했다.

"투항해라. 비록 적이지만 널 죽이면 기분이 불쾌할 거야."

이도원은 K—1의 탄창을 확인했다. 총알이 한 발도 남아 있지 않다는 사실을 확인한 그는 갈대밭으로 총을 던졌다. 그 소리를 들은 김진우가 총이 던져진 방향으로 총구를 겨누고 천천히 접근했다.

순간 이도원이 벽에서 튀어나오며 김진우를 덮쳤다. 함께 쓰러진 두 사람이 엎치락뒤치락했다.

카메라가 바짝 붙었다.

그 순간.

퍼억!

이도원의 팔꿈치가 김진우의 흉부를 강타했다.

"커억!"

김진우가 비명을 질렀다.

스태프들이 화들짝 놀랐고, 유태일 감독도 촬영을 중단했다.

"컷, 컷!"

조연출이 황급히 달려가서 김진우의 상태를 확인했다.

이도원은 거친 숨을 몰아쉬며 그 광경을 지켜보고 있었다. 찰나의 눈빛에서, 유태일 감독은 포착해 낼 수 있었다.

'일부러 세게 때렸다?'

의외였다.

지금껏 이도원은 감정에 의해 촬영을 망친 적이 없었다. 심지어 미국 촬영 당시, 텃새를 부리는 영국 배우에게 얼굴을 얻어맞아 피를 흘리는 와중에도 촬영 생각뿐이었다.

유태일 감독은 자리에서 일어나 외쳤다.

"도원이! 잠깐 이리 와봐."

이도원은 담담한 표정으로 일어나서 다가왔다.

그를 빤히 응시하던 유태일 감독이 물었다.

"왜 그랬냐?"

왜 일부러 세게 가격했는지 추궁하는 것이다.

이도원은 대답하기 전, 쓰러져 있는 김진우를 보았다. 그는 고통스러워하며 좀처럼 일어나지 못하고 있었다.

이윽고 이도원이 유태일 감독을 마주보며 대답했다.

"순간적으로 화가 났습니다."

"뭐가?"

유태일 감독이 재차 물었다.

"대체 뭐가 널 화나게 만들었지?"

이도원은 이실직고 할 수 없었다. 자신의 답답한 상황과 심경을 모두 토로할 수 없기 때문이다. 그건 너무도 허황되고 믿기 힘든 이야기였다. 왠지 힘에 부치는 기분으로, 그가 대답했다.

"죄송합니다."

"그 얘긴 진우한테 해."

유태일 감독은 이도원에게서 고개를 돌리며 스태프들에게
지시했다.

"진우 병원 데려다주고, 오늘 촬영은 여기서 마무리한다."

2장

**뜻밖의 사건**

당일 촬영이 취소된 이도원은 사무실로 향했다.

차 안에서 병원으로 연락을 해본 이진빈이 말했다.

"단순한 타박상이라고 하네요. 뼈에 지장 없어서 다행이에
요."

이도원이 고개를 끄덕였다.

그에 이진빈이 조심스럽게 물었다.

"왜 그러신 거예요?"

이도원은 차 창문을 열며 바람을 쐬었다. 따스한 봄바람이
안으로 들어왔다.

이진빈의 질문에 대답할 말이 없었다.

대답이 돌아오지 않자, 이진빈은 대강 얼버무렸다.

"하긴, 김진우가 좀 뻔뻔하긴 했죠. 레드 엔터테인먼트 소속 배우면서, 우리 회사로 들어오고 싶다고 했다면서요?"

"그런 이유는 아니었다."

이도원은 짤막하게 말했다.

이진빈은 뒷말을 기다렸지만 거기까지였다. 이번 사건에 대해 어떤 해명도 할 수 없었던 것이다.

'홧김에 나온 실수다. 이런 바보 같은 짓을 하다니.'

이도원은 고개를 절레절레 저었다. 아직 편집하고, 홍보하고, 개봉하기까지 시간이 많이 남았다지만 오늘 하루면 마무리됐을 촬영 일정이 자신 탓에 지체된 것이다. 뿐만 아니라 음식점을 예약까지 해놓은 종파티도 함께 미뤄졌다.

'모두에게 피해를 줬어.'

반성하는 마음이 들었다.

그나마 주연배우인데다 지금껏 훌륭하게 제 역할을 다했으니 망정이지, 입지가 적은 배우였다면 욕을 태백이로 얻어먹었을 터였다.

불편한 생각들에 사로잡혀 있을 때쯤 밴이 백 엔터테인먼트에 도착했다.

이진빈이 백미러로 그런 이도원을 돌아보았다.

"도착했습니다."

고개를 끄덕인 이도원은 차 문을 열며 말했다.

"오늘은 일찍 퇴근해. 촬영한다고 며칠 집에 들어가지도 못했을 텐데."

머뭇거리던 이진빈이 고개를 꾸벅 숙였다.

"감사합니다!"

이도원은 그 말을 한 귀로 흘리며 사무실로 들어갔다.

머지않아 그의 사무실로 팀장들과 과장들이 불려 다녔다. 그동안 일일이 확인하지 못했던 내용이나 이상백의 관리 하에 진행됐던 일들을 검토하는 과정이었다.

그렇게 오후를 보내던 이도원은 배에 꼬르륵 소리를 듣고 나서야 시간을 보았다. 벌써 저녁 여섯 시였다. 새벽에 야채 주스를 마신 뒤로 쫄쫄 굶어서 그런지 허기를 인지하기 무섭게 바짝 배가 고파왔다. 따라서 인터폰을 켜고 비서실에 전했다.

"이상백 대표님 좀 연결해 주세요."

전화가 백 프로덕션 대표실로 연결됐다.

곧 수화기 너머로 이상백의 목소리가 들려왔다.

─휴대폰으로 전화하지 않고, 왜?

"나가 계시면 할 수 없고, 사무실에 계시면 저녁 식사 함께 하려고 연락드렸어요."

─또 무슨 이야길 하려고 그러나… 불안한데?

능청스러운 물음에 이도원이 피식 웃었다.

"오늘은 정말 그냥 식사입니다."

─그래. 그럼 회사 근처 〈바다소리〉에서 일곱 시에 보자고. 안 그래도 할 말이 있다.

"알겠습니다."

전화를 끊고 서류 검토를 마무리한 이도원은 지갑과 코트를 챙겨서 나갔다. 그는 주차장에서 차를 타고 '바다소리'로 갔다. 가게 안에 들어가자 종업원이 다가오더니 물어보았다.

"예약하셨습니까?"

"아니요. 두 명입니다."

이도원이 부정하자 종업원은 자리를 안내했다. 이윽고 작은 룸에 들어가 앉은 그는 휴대폰으로 최신 뉴스의 경제면과 연예면을 훑었다.

레드 엔터테인먼트의 이로빈 대표가 조사를 받고 있다는 사실은 주가 하락으로 이어졌기에 경제와 연예, 양쪽 헤드라인을 나란히 장악하고 있었다.

관련 기사를 읽고 있던 차에 이상백이 도착했다. 그는 일어나는 이도원을 도로 착석시킨 뒤 코트를 걸고 마주 앉았다.

"요즘 촬영으로 눈코 뜰 새 없이 바쁜 것 같던데, 어떻게 시간이 난 게냐?"

질문을 받은 이도원은 머쓱하게 웃으면서 대답했다.

"현장에서 사고를 좀 쳤습니다. 김진우를 부상 입혀서 촬영이 중단됐어요."

"쯧, 그런 일이… 많이 다치진 않았고?"

이상백이 묻자 이도원은 고개를 끄덕였다.

"예. 아마 이번 주 안으로 스케줄이 다시 나올 것 같습니다."

"그렇구나. 조심해라. 얄밉다고 때리고 그러면 안 돼."

이상백은 김진우의 안전을 확인하자마자 평소 건방진 태도를 떠올리며 농을 던졌다.

피식 웃은 이도원이 대답했다.

"알겠습니다. 그나저나 하실 말씀이 있으셨다고요?"

그때 드르륵, 미닫이문이 열리며 이도원이 들어올 때 미리 주문해 둔 스시와 소주가 나왔다. 이상백의 취향을 잘 알고 있기에 발휘한 센스였다.

슬쩍 웃은 이상백이 술잔을 채우며 대화를 이어갔다.

"그래. 무지막지한 희소식이 하나 있다. 얼마나 기쁜 소식이면 굳이 만나서 알려주려 했겠냐?"

이도원으로서는 전혀 짐작이 가지 않았다.

"대표님이 지금처럼 흥분하시는 모습은 처음 봅니다. 무슨 일이죠?"

이상백은 술을 마시기도 전에 벌게진 얼굴로 대답했다.

"백 프로덕션으로 투자 요청 건 하나가 들어왔다. 제임스 윌리스 감독이 연출하는 블록버스터 대작이더구나."

제임스 윌리스라면 이 시대 가장 인정받는 명장 중 한 사람이었다. 노인임에도 세련된 연출력으로, 아직까지 영화를 낼 때마다 세계 영화인들의 찬사를 받고 있었다. 감독 이름만으로도 대박이 확실한 보증수표고, 투자사들이 서로 투자하고 싶어 경쟁이 붙고 있을 것이다. 전설과도 같은 작품들을 탄생시켜 온 영화감독이 한국의 한 투자사에 투자 제안을 했다는 건 믿기 힘든 사실이었다.

"이름만 들어도 입이 딱 벌어질 투자자들이 줄을 설 텐데… 왜?"

이도원은 절로 의문이 나왔다.

그러자 이상백이 얼굴에 의미심장한 웃음을 띠고 대답했다.

"〈아스라이〉를 보고, 이번 영화에 널 쓰고 싶다고 의견을 피력했다더구나. 그의 말은 곧 법인지라, 배급사에선 계열사 백 엔터테인먼트가 아닌 프로덕션으로 직접 연락을 준 게다. 그것도 투자 대열에 끼워주겠다는 거절하지 못할 제안을 달고서."

하긴, 제임스 윌리스의 영화에 참여해 달라는 제안이 한국의 한 배우에게 거절이라도 당하는 날에는 섭외를 진행한 책임자가 큰 곤욕을 치르게 될 터였다.

이도원으로서도 실감이 나지 않는 이야기였다. 꿈만 같은 소식을 접한 그는, 초조한 마음에 술잔을 만지작거리며 물었다.

"왜 하필 저한테 그런 제안을……?"

"그 이유는 제임스 윌리스 감독에게 직접 물어봐야겠지."

이상백은 농담조로 덧붙여 말했다.

"사실 나도 〈아스라이〉가 지금까지 중 최고의 연기력을 보여준 작품은 아니라고 생각하는데, 글쎄… 그 감독이 왜 수많은 톱 배우들을 고사하고 널 선택했는지 모르겠구나. 시나리오 상 주인공이 원래 동양인도 아니었던 것 같은데 말이다."

이도원은 잠시 고개를 숙이고 있었다. 그 역시 어려서부터 제임스 윌리스 감독의 작품들을 보며 자라왔다. 그런데 제임스 윌리스 감독이 연출하는 영화에 출연할 기회가 오다니, 꿈에도 생각지 못했던 경사인 것이다.

"엄청나게 설렙니다."

그가 고개를 들며 물었다.

"미팅은 언제죠?"

"8월이니까 〈서커스〉 개봉하는 것까지 잘 보고, 쉬다가 출국하면 된다."

설명해 준 이상백이 덧붙였다.

"축하한다. 네가 훌륭한 배우가 될 거라는 생각은 네가 학창시절 때부터 했지만… 넌 항상 날 놀라게 만드는구나. 한국에서나 외국에서나."

이도원은 공손하게 고개를 돌려 술잔을 비우고 빈 잔을 내려놨다. 그는 속으로 끊임없이 들뜨는 감정을 다잡으려 애쓰고 있었다. 마음 편히 기뻐할 수도 있지만, 그는 영화가 완성되고 세상에 나오기 전까진 한 치 앞을 알 수 없다는 사실을 누구보다 잘 알고 있었다.

"모두 대표님 덕분입니다."

이도원은 진심을 담아 말했다. 미국행을 결정할 수 있었던 건, 그동안 백 엔터테인먼트의 일을 처리해준 이상백의 믿음과 지지가 있었기에 가능한 일이었다.

그에 이상백은 자신의 일처럼 기뻐하며 답했다.

"우리 회사에 좋은 배우를 영입했던 것도, 지금까지 승승장구할 수 있었던 것도 모두 네 공이 아니냐? 난 그저 모두가 꿈으로 그친 일을 해나가는 널 보며 부럽기도 하고, 대견하기도 하다."

이도원이 대답 대신 술을 따르자 이상백이 계속 말했다.

"오늘은 일 이야기 말고, 편하게 대화를 나누자꾸나. 넌 그야말로 소처럼 일만 해왔다. 내가 본 바로는 잠시도 쉬지 않왔어."

그 말처럼, 이도원은 편안한 마음으로 술자리에 임했다. 철두철미한 모습은 서서히 내려놨다. 두 사람의 입에서는 첫 만남을 비롯해 지금까지 있었던 여러 우여곡절들이 자연스레 흘러나왔다. 지난 추억들을 되짚던 두 사람은 세 시간 정도 흐른 뒤에야 최근으로 돌아왔다.

어느새 이상백은 취기가 잔뜩 오른 얼굴로 껄껄 웃으며 말하고 있었다.

"그 녀석이 뻔뻔하게 백 엔터테인먼트로 오고 싶다고 말했다고?"

김진우의 이야기를 한 이도원이 고개를 끄덕였다.

"고민됩니다. 레드 엔터테인먼트와 계속 엮이는 일이 생기는 것도 불편하고요."

"그럴 수 있겠지. 신중하게 고민해보고 판단해라. 어차피 결정은 대표인 네 몫이니까. 그나저나, 그렇다고 동료 배우를 후려친 건 좀 너무했다고 본다."

이상백이 놀리듯 나무라자, 이도원은 쓴웃음을 지었다.

이번 일이 전화위복(轉禍爲福)이 되었을 줄 꿈에도 짐작하지 못한 채로.

*     *     *

이로빈은 주먹으로 책상을 때렸다.

"뭐? 일정이 미뤄졌다고?"

"예. 촬영 도중 김진우가 부상을 입었다고 합니다."

비서실장의 말을 들은 이로빈의 미간에 깊은 골이 생겼다.

"우리 계획을 눈치챈 건 아니겠지?"

"그런 건 아닐 겁니다. 문제는 김진우가 부상을 핑계로 쫑파티에 참여하지 않는다고 했답니다."

"많이 다쳤나?"

"그런 건 아닙니다만."

대답한 비서실장이 조심스럽게 말을 이었다.

"조만간 김진우를 스폰하고 있는 임소군이 들어온다고 해서, 아마 그쪽을 만나려고 일정을 비워두는 것 같습니다."

"골치 아파졌군. 이도원과 동석하지 않으면 둘을 엮을 수가 없는데."

"예. 더구나 임소군은 건드릴 수 없는 상대가 아닙니까?"

이로빈은 난처해졌다.

영화 〈서커스〉 쫑파티 때 이도원과 김진우를 마약으로 엮을 생각이 무산된 것이다. 두 배우가 각각 다른 곳으로 간다면 동시에 한 사건으로 묶을 수 없게 된다. 더욱이 김진우가 만나는 임소군은 레드 엔터테인먼트가 중국으로 진출하는 데 큰 도움을 준 사업 파트너의 장녀였다. 그녀가 자리한 곳에서 불미스러운 사고가 일어나면 여러 사람이 곤란해지는 것이다.

이런 상황을 유추한 비서실장이 제안했다.

"김진우는 조금 미루시고, 이도원부터 손보시는 것이 어떻습니까? 그 편이 더 안전할 텐데요."

그에 이로빈은 고개를 저었다.

"멍청한 소리! 이도원이 김 의원에게 찍힌 건 모두 김진우 때문이다. 이도원이 우리한테는 눈엣가시일지 모르지만, 김봉민 의원에게는 관심 밖 인물일 뿐이야. 김 의원이 가장 처리하고 싶어 하는 건 김진우라는 뜻이지. 우린 김 의원의 눈에 다시 들어야만 살아남을 수 있어. 이도원에 관한 사사로운 복수는 그 다음이다."

비서실장은 아차 싶은 표정을 짓더니 걱정스럽게 물었다.

"그럼 상황이 더 심각한 것 아닙니까?"

고개를 끄덕인 이로빈이 턱을 쓸며 대답했다.

"임소군에게 피해가 가지 않도록 김진우를 처리해야 된다는 뜻이지."

"하지만 대표님. 김진우한테만 약을 탄다고 해도, 동석하고 있던 임소군 역시 조사를 받아야 합니다. 무혐의 처분을 받더라도 말입니다."

"그러니까 그런 일이 없도록, 잘 빼내서 중국으로 되돌려 보

내라는 거야. 끝까지 나와 함께한다는 자네 말을 지킬 순간이
왔다는 뜻이지."

비서실장은 짧게 고개를 숙였다.

"알겠습니다. 김진우가 입을 열기 전에 임소군은 중국으로
내보내도록 하겠습니다."

"잘해야 돼."

그리 말한 이로빈이 누차 강조했다.

"이번 일에 우리 회사의 명운이 달렸어."


2025년 5월 11일 일요일.

김진우의 부상으로 지체되었던 〈서커스〉의 마지막 씬이 마
무리됐다. 모든 촬영이 끝나자 이도원은 어쩐지 허무한 느낌
이 들었다.

'정말 이대로 끝나는 건가?'

타임 슬립 전에는 이도원을 죽음까지 내몰았던 작품이었
다. 현재에도 레드 엔터테인먼트와 문제를 겪고 있었지만 생
사를 좌우할 정도로 큰 문제는 아니었다. 이미 한 번 크게 데
인 경험이 있는 그로서는 찝찝한 기분을 쉽게 떨칠 수 없었
다.

그때 오준식이 어깨에 손을 올리며 물었다.

"우리 대표님, 표정이 왜 그래요?"

이도원은 시선을 돌렸다.

마지막 촬영답게, 영화에 참여한 주역들이 모두 구경을 와 있었다. 잠시 그들을 바라보던 이도원이 고개를 저었다.

"아니야."

한편 김진우는 스태프들과 인사를 나누고 있었다.

"함께하지 못해서 죄송합니다. 중요한 미팅이 있어서요."

그는 이도원을 비롯한 배우들에게도 인사를 건넸다.

"모두 고생했네. 다음에 또 보자고."

다른 이들의 낯빛이 좋지 못했다.

김진우는 촬영 내내 그들을 무시하는 태도를 보였던 것이다. 유일하게 그 대상에서 제외됐던 이도원만이 대답을 해주었다.

"그래, 수고했다."

손을 내저은 김진우가 차지은 앞에 멈추었다.

차지은은 딱딱하게 굳었던 표정을 거짓말처럼 풀며 물었다.

"왜요?"

김진우가 먹이를 바라보는 독사 같은 시선으로 입을 열었다.

"조만간 연락할게."

"괜찮아요."

차지은은 인위적인 눈웃음을 치며 말을 이었다.

"전에도 말씀드렸다시피, 전 교만한 사람과 잘 안 맞아서
요."

거절을 당했음에도 김진우는 피식 웃으며 대답했다.

"왜 이래? 우리 사이에."

"누가 들으면 오해하겠네요."

차지은은 그 말을 하는 동시에 이도원을 힐끔 보았다.

한편 이도원은 둘 사이를 전혀 오해하지 않고 있었다. 차지
은의 스타일을 누구보다 잘 알고 있기 때문이다.

'김진우랑은 상극이지.'

김진우가 현장을 떠나자, 유태일 감독은 회식 장소까지 이
동이 편리하도록 팀을 나눴다.

1차는 촬영장 근처의 소문난 맛 집으로 갔다. 주 메뉴는 샤
브샤브였고 예약된 테이블에는 이미 주류와 밑반찬이 깔려
있었다.

"백 엔터테인먼트 배우 회식이라고 해도 과언이 아니네."

오준식이 나직이 감탄했다. 좌우를 살펴도 같은 회사 동료
들이 보였던 것이다.

막내인 심재빈이 씨익 웃으며 맞장구를 쳤다.

"그러게요! 여러 선배님들이 계신 곳에 함께하게 돼서 영광
입니다. 하하."

"넌 어째 활동 경력이 쌓일수록 아부만 늘어나?"

오준식은 핀잔을 주면서도 기분 좋은 얼굴이었다.

두 사람이 아무 걱정 없는 즐거운 모습인 반면에 박아현은 깊은 상념에 사로잡혀 있었다. 이번 영화를 촬영하는 도중에 가까운 사이인 윤세라가 사고를 입는 사건이 벌어졌고, 아직도 의식이 없는 상태였기에 마냥 기분이 유쾌할 수는 없을 터였다.

이도원은 모른 척 그녀에게서 시선을 떼고 자리에 앉았다. 잇따라 나머지 배우들도 같은 테이블에 나란히 마주보며 착석했다.

그들이 자리를 잡자 이윽고 유태일 감독이 들어섰다. 그는 한자리에 함께 앉은 배우들을 보며 말했다.

"스태프들과 섞어 앉아."

그 지시에 스태프들이 중간중간 끼어 앉고, 배우들이 분산됐다. 유태일 감독은 이도원에게 한 테이블을 맡기고, 자신은 다른 테이블에 자리를 잡으며 잔을 들었다.

"제게 〈서커스〉는 네 번째로 상업화된 영화입니다. 지금껏 촬영했던 저예산 영화들과는 달리 큰 투자금이 들었던 작품이기도 합니다. 그만큼 부담도 컸지만 여러분들의 도움으로 지금까지 중 가장 편안한 작업 환경에서 임할 수 있었습니다."

유태일 감독의 말은 사실이었다.

이도원과 김진우를 비롯해 백 엔터테인먼트 배우들 모두가 호연을 펼쳐주었기에 물 흐르듯 촬영하는 것이 가능했다. 뿐만 아니라 스태프들 역시 세 차례의 경험을 바탕으로 노련해진 상태였기에 엔지 컷 자체가 많이 나오지 않았던 것이다.

"이제 포스트프로덕션(post—production : 촬영이 끝난 후 영화를 완성하는 단계) 후 수확하는 일만 남았습니다. 모두 수고했습니다. 건배!"

건배사를 끝맺은 유태일 감독이 잔을 높이 들자, 스태프들과 배우들도 감개무량한 얼굴로 잔을 들며 건배를 외쳤다. 촬영 기간 동안의 피로는 어디 갔냐는 듯 모두들 얼굴에 화색이 돌고, 입가에는 웃음꽃이 피었다.

이 순간의 희열이야말로 영화를 포기하지 못하는 이유 중 하나였다.

"도원이도 한마디 해야지."

유태일 감독이 자리에 앉으며 짓궂게 웃었다.

그 말에 따라 이도원이 일어나서 입을 열었다.

"먼저 촬영 기간 내내 배우들 보다 한발 앞서 일어나고, 마지막으로 잠들었던 스태프 분들께 감사하다는 말을 전하고 싶습니다. 그리고 우리 배우들도 너무 고생 많았고요. 이번 영화의 성과는 걱정하지 않습니다. 기대를 갖고 지켜볼 생각입니다. 마지막으로, 모두 이 순간을 즐겁게 즐기시길 바랍니다."

"건배!"

스태프, 배우 할 것 없이 우렁찬 목소리와 함께 잔을 부딪쳤다. 그때마다 술이 넘실거렸고 사람들의 얼굴색은 점점 빨갛게 무르익었다.

물론 이 자리에서 함께 어울리며 웃고 떠든다고 한들, 스태프와 배우의 경계는 명확했다. 그 사이를 넘나들며 잇는 존재는 섭외권이 있는 감독뿐이었다. 하지만 조연출은 언젠가 연출이 되고, 서로 얼굴을 익혀두면 언젠가 또 만나게 되는 것이 이 바닥 생리였다.

"그래서 우리 백 엔터에선 스태프들에게 잘하라고 늘 강조하죠. 스타병 걸리지 않은 개념 있는 배우들이 많다고나 할까요?"

심재빈은 허심탄회한 모습으로 스태프들의 관심을 독차지했다. 그는 백 엔터테인먼트 홍보대사라도 된 것 마냥 자부심을 갖고, 잔뜩 흥분해 외치고 있었다.

스태프들은 고개를 끄덕이며 그 말에 동조했다.

"하긴. 확실히 작업하기 편했어."

"약속 시간 안 늦는 게 제일 좋았다니까?"

"엔지 안 내는 게 최고로 멋져 보였다고."

그들을 지켜보던 이도원이 오준식에게 물었다.

"재빈이 원래 저래?"

"자긍심이 대단합니다."

오준식이 시익 웃으며 대답했다. 고개를 저은 이도원이 말했다.

"그냥 반말 하자. 못 하겠다."

"사실 나도 엄청 불편했어… 요."

이미 적응이 되어버렸는지 오준식은 말을 놓는 걸 어색해했다. 이도원이 미국에 간 동안 떨어져 있던 시간이 길었기에 더욱 그랬다.

두어 시간이 지나 분위기가 한껏 달아오르자 슬슬 낙오자가 발생하기 시작했다. 집에 가는 사람도 있었고, 취한 사람도 생겨났다. 배우들 중에는 술을 물처럼 들이붓던 박아현이 취해서 눈물을 뚝뚝 흘리며 윤세라를 추억했다.

"제가 챙길게요."

이도원에게 속삭인 차지은은 본인도 취기가 올랐으면서도 그녀를 잘 챙겼다. 틈틈이 화장실에 데려가 변기에 오바이트를 하도록 도우며 제 머리끈까지 풀러 묶어주었다. 세심한 배려를 지켜보던 오준식이 은근슬쩍, 이도원에게 운을 뗐다.

"난 두 사람 사이를 꽤 오래 봐왔잖아."

이도원은 말없이 눈길을 주었다.

그에 오준식이 말을 이었다.

"거의 처음부터 지금까지 곁에서 봤다고 할 수 있지. 너, 저

만한 여자 없다. 저런 여자가 널 좋다고 하면 무조건 잡아야 하는 거야."

이도원은 내심 인정했지만 겉으로 수긍하진 않았다.

"그냥 존댓말 하라고 할 걸 그랬다."

"취소하기 없다."

오준식이 날름 대답하며 본론으로 돌아갔다.

"난 너 미국 간 동안에도 지은이랑 같이 활동했잖아? 옆에서 본 바로는 정말 좋은 여자야. 그래서 배우로서는 조금 부족한지도 몰라."

그는 농담조로 덧붙였다.

"사실 연기를 헉 소리 나게 잘하진 않잖아. 지독한 노력에 비해선 아쉽지."

이도원은 빤히 그를 직시했다. 분명 오준식은 연기를 잘하는 편이었다. 이번 영화에선 조연을 맡았기에 김진우보다 조금 이미지가 약했다지만 연기력만 놓고 비교해보면 큰 손색이 없었다.

차지은이나 박아현이 어느 정도 끼와 재능을 가진 배우라면, 오준식은 이도원과 같은 대기만성형 배우인 것이다.

'이대로만 발전하면 준식이는 좋은 배우가 될 거야.'

이도원은 그렇게 생각하면서도, 오준식이 스스로 자만하지 않도록 일침을 놓았다.

"연기력은 평가할 수 있는 종류의 것이 아니다. 평등한 노력을 한다는 가정 하에 본다면 연기력이라는 건 종이 한 장 차이일 뿐이야."

"음… 그래."

오준식은 주춤했다. 다른 사람이라면 몰라도, 이도원의 말은 무시할 수 없었다. 매번 볼 때마다 폭발적으로 성장해서 넘을 수 없는 벽처럼 느껴지는 상대가 바로 이도원이였던 것이다.

'나도 모르게 자만했어.'

그는 내심 스스로를 다잡았다.

그때쯤 1차 회식이 끝났다. 스태프들과 배우들은 샤브샤브집 앞에 나와 담배를 피우거나 이쑤시개를 찔러 넣고 대화를 나누었다.

귀가할 사람은 귀가하고, 남는 사람들만 남았다.


\*            \*            \*


같은 시각, 김진우는 고급 레스토랑에서 임소군을 만나고 있었다.

"전 레드 엔터테인먼트에서 나올 생각입니다."

그는 유창한 중국어로 곧장 본론을 꺼냈다.

임소군은 볼에 점이 있는 중년의 여인이었다. 그녀는 긴 속 눈썹을 들어 올리며 물었다.

"왜죠?"

"그들이 절 토사구팽시켰습니다."

직설적인 김진우의 말을 들은 임소군이 슬쩍 웃었다.

"내 비즈니스 파트너는 김진우가 아닌, 레드 엔터테인먼트예요. 김진우 씨가 대단한 인기를 누리고 있긴 하지만 레드 엔터테인먼트 소속 배우들을 모두 아우를 수는 없답니다."

"알고 있습니다."

김진우는 당황하지 않고 덧붙였다.

"그래서 레드 엔터테인먼트 보다 훨씬 좋은 배우들을 갖고 있는 백 엔터테인먼트로 옮겨갈 생각입니다. 머지않아 레드 엔터테인먼트보다 몇 배는 강력한 파트너를 소개해 줄 수 있게 되는 셈이죠."

임소군의 표정이 살짝 떨렸다.

"백 엔터테인먼트는 우리도 주목하고 있는 곳이에요. 자금을 할리우드 쪽으로 투자하고 있어서 여력이 없다고 알고 있는데요?"

김진우는 자신 있는 미소를 지었다.

"제가 있지 않습니까? 새로운 배우를 투입하려면 큰 자금이 들겠지만, 제게 들어온 광고만 가져가도 백 엔터테인먼트는 중국시장을 돈 한 푼 안들이고 공략할 수 있게 됩니다."

그 말을 들은 임소군은 흔들리고 있었다. 이내 술과 간단한 안주가 나오자, 그녀는 본격적인 대화를 나누기 위해 말했다.

"잠시 화장실 좀."

김진우가 고개를 끄덕이자 임소군이 잠시 자리를 비웠다.

'확실히 넘어왔어.'

기분이 좋아진 김진우는 먼저 와인을 따랐다. 그러고는 집 키를 공유하고 있는 매니저가 자신의 아파트에 마약을 가져다 둔 것을 짐작도 못한 채로, 약물이 섞인 와인을 들이켰다. 이미 여러 번 마약이 주는 쾌감을 즐겨왔던 그는 머지않아 익숙한 기분을 느꼈다.

'이건?'

불길한 생각이 뇌리를 스쳤다. 화장실을 간다던 임소군도 삼십 분째 오지 않고 있었다.

'함정이다!'

머릿속에 비상벨이 울렸다.

김진우가 서둘러 일어나려 하는 순간, 주위 테이블에 앉아 있던 남자 셋이 다가오더니 경찰 신분증을 꺼내 보여주었다.

"김진우 씨 맞습니까?"

"맞습니다."

김진우가 대답하자 형사가 말했다.

"전 마약 전담팀 채용욱 경사입니다. 김진우 씨께서 마약으로 추정되는 약물을 복용했다는 제보가 들어왔습니다."

"영장은요? 내가 마약을 복용했다는 증거가 있습니까?"

"명의상 차량 소유주인 전유진 씨 동의하에 김진우 씨가 타고 온 차량을 수색했습니다. 그 결과 소량의 마약이 발견됐습니다. 또한 현재 이로빈 대표의 명의로 된 김진우 씨의 오피스텔을 동의하에 수색한 결과 그곳에서도 대량의 마약이 발견됐고요. 말씀하신 수색영장은 신청해 둔 상태며, 추가적으로 김진우 씨 소유의 아파트도 수색할 예정입니다."

전유진은 차량 소유주일 뿐 아니라 김진우의 스폰서였다. 심상치 않은 상황에 김진우는 정신이 번쩍 들었다. 이미 마약에 손을 대기 전 여러 사례들에 대해 알아본 적이 있었기 때문에 자신이 처한 위기의 심각성을 짐작할 수 있었다.

마약사범의 경우 초범이면 감량이나 선처의 여지가 있다. 하지만 마약이 여기저기서 대량으로 발견됐다면 얘기가 달라진다. 여기에 김봉민 의원이 힘을 보태면 완전히 매장당할 수도 있는 상황인 것이다.

'이런 씨발.'

속으로 욕지거리를 뱉은 김진우가 물었다.

"누가 신고했습니까? 오피스텔이나 차량 소유주는 용의자 아닙니까?"

"절차를 밟고 차차 수사할 예정입니다. 일단 김진우 씨부터요. 그리고 보니까, 지금도 약 한 것 같은데… 맞죠?"

"하. 이런 식으로 날 엮겠다."

김진우는 눈을 번뜩였다.

그러든 말든, 형사는 김진우를 붙잡으며 말했다.

"서로 가시죠."

저항해 봐야 소용없는 상황이었다.

김진우가 끌려 나가자 눈을 빛낸 형사가 현장을 돌아보며 지시했다.

"마약이 대량 나온 걸로 봤을 때 동료 연예인들의 마약 판매책일 수 있다. 김진우의 행적을 밟아서 샅샅이 조사한다. 이 형사는 해당 기관에 CCTV 공개 요청하고, 박 형사는 김진우와 만났던 동료 연예인들 만나 봐."

회식 다음 날, 이도원은 지끈거리는 머리를 부여잡고 일어났다. 전날 소속 배우들에게 붙들려 진탕 과음을 한 탓이었다.

"후."

짧게 심호흡을 한 이도원은 거실의 냉장고 문을 열고 물통을 꺼내 사정없이 들이켰다. 단번에 물을 반 통쯤 비워낸 그는 역류하려는 위액을 억누르며 리모컨으로 TV를 틀었다.

―…국내뿐 아니라 아시아 전역을 뜨겁게 달구었던 한류스

타 K씨가 신종마약 블루매직을 투약 및 판매했다는 혐의를 받고 조사 중인 것으로 드러나 충격을 주고 있습니다. 블루매직은 고순도 마약으로 세계적으로 금하고 있는 마약이며…….

이도원은 눈살을 찌푸리며 중얼거렸다.

"한류스타 K씨?"

비록 TV에선 이니셜로 처리했지만 한류스타에, 부정한 일을 저지르는 K 이니셜.

이도원은 그 즉시 김진우가 떠올랐다. 그가 느끼는 김진우에 대한 이미지는 부정적이었다. 타임 슬립 전에는 살인교사, 이번에는 스폰서까지.

'설마 마약까지 손을 댄 건가?'

그렇다고 확신할 수는 없었기에, 이도원은 이상백에게 전화를 걸었다.

─도원이냐? 이 새벽에 무슨 일로?

이상백은 잠이 덜 깬 목소리로 전화를 받았다.

이도원의 입장에서는 급한 마음에 일단 통화 버튼을 누르고 보니 아직 새벽 다섯 시였다.

"죄송합니다."

─그래, 무슨 일이니?

"한류스타 K씨가 마약 투약 및 판매했다는 혐의를 받고 조사 중이랍니다."

—뭐?

이상백은 잠이 싹 달아난 듯 놀란 목소리로 말을 이었다.

—잠깐 기다려 봐라.

수화기 너머에서 컴퓨터 부팅음이 들려왔다. 그리고 이내 침묵하던 이상백이 설명을 덧붙였다.

—어제 밤늦게 터진 기사구나. 나도 모처럼 일찍 잠들어서 못 봤어. 우리 회사에 비공식 라인으로 보내주는 보도 자료에 의하면 연예인 K는 김진우가 맞는 것 같다.

그 말에 이도원은 입을 딱 벌렸다.

이 사건은 김진우 일신의 문제가 아니었다. 주연배우가 이런 물의를 빚게 되면 〈서커스〉 역시 개봉일이 늦춰지거나 아예 엎어질 수도 있는 상황인 것이다.

그럼에도 이도원은 침착한 목소리로 소감을 전했다.

"공교로운 시점에 골치 아픈 일이 생겼네요."

—그래. 아직 사건의 진위는 알 수 없지만, 네 말대로 시기가 너무 공교롭다.

"레드 엔터가 개입됐을까요?"

그 질문에 잠시 고민하던 이상백이 대답했다.

—아마도. 김진우의 실명이 거론되지 않는 걸로 봐선 아직 혐의가 확정되지 않았다는 뜻이야. 통상 그런 경우에는 시끄럽게 기사를 내지 않는다. 즉, 혐의는 확실한데 일부러 공개하

지 않았다는 의미로 해석할 수도 있지.

"왜 그럴까요? 김진우가 표적이었다면 물고기를 다 잡은 셈인데 말입니다."

─혐의를 증명할 증거가 부족하거나, 혐의를 더 키우고 싶거나… 그것도 아니면 뭔가 다른 꿍꿍이가 있을 게야.

이도원은 미간을 찌푸렸다.

"김진우의 마약 혐의가 진실인지, 아니면 조작된 것인지. 그것부터 확실히 알아봐야겠군요."

─그래. 넌 일단 김진우를 만나서 진위 여부부터 파악해보도록 해라. 순순히 말해줄지 모르겠다만, 궁지에 몰린 상황이니까 지푸라기라도 잡을 게야.

"예, 대표님은요?"

─나는 일단 유 감독을 좀 만나 봐야겠다. 백 엔터 배우들이 대거 투입된 작품이니만큼 〈서커스〉는 반드시 개봉할 수 있도록 만들어야 해.

"알겠습니다."

이도원은 전화를 끊은 후 바로 자가용을 타고 김진우로 추정되는 연예인 K가 구속된 검찰청 바로 옆 성동구치소로 갔다. 구치소 맞은편의 해장국집 주차장에 차를 대고 내린 이도원은 선글라스를 쓴 채 안으로 들어가 아침 식사를 했다. 식사를 하는 내내 TV에선 아침뉴스가 방송되고 있었다.

'유치장에서 기소를 받고 구치소로 이감되는 데까지 하이패스로 반나절이 채 안 걸렸어. 더구나 언론이 이렇게 떠들썩한데, 어디서도 혐의를 확증하지 못하고 있다.'

말인즉슨, 조작으로 의심되는 점이 많다.

해장국 한 그릇을 깨끗이 비운 이도원은 시계를 보았다. 드디어 구치소의 면회가 시작되는 8시 30분이었다. 한참을 죽때리다가 나온 그는 면회 신청을 하고, 곧 김진우를 유리 창문 너머로 만날 수 있었다.

"쪽팔린데, 너무 뜻밖의 손님이라 나와 봤다."

"긴긴밤이었겠어."

이도원이 덧붙여 물었다.

"마약 투약 및 판매 혐의. 어디까지가 진실이지?"

김진우는 그를 빤히 응시하며 되물었다.

"누구보다 내 도덕성을 의심하고 있어야 할 너한테 이런 질문을 받으니까 조금 의왼데. 날 놀리는 건가?"

이도원이 고개를 젓고는 똑바로 마주 보았다.

"의심 가는 점이 한두 가지라야지."

"의심 가는 점?"

김진우가 묻자 이도원이 대답했다.

"첫째, 혐의가 진실이라면 지금까지 불법 행위가 이어져 왔을 텐데 하필이면 딱 〈서커스〉 개봉을 앞두고 사건이 터졌다.

둘째, 아무리 현행범이라지만 체포된 지 반나절 만에 기소가 떨어졌어. 더구나 공무원이 모두 퇴근했을 시간에 유치장에서 구치소로 이감됐다. 별도의 지시가 있었다는 뜻이지. 마지막 셋째, 기소를 했다는 건 그만한 확증이 있었다는 건데 언론에는 아무것도 공개되지 않고 있다. 이건 이 사건을 만든 누군가가 네 간을 보려는 속셈 같은데?"

김진우가 피식 웃음을 터뜨렸다.

"전부터 느낀 건데 넌 두뇌 회전이 참 빠르단 말이야. 하지만 넌 변호사가 아니고, 날 돕는 것도 한계가 있다. 그런 너한테 모든 걸 말해봐야 무슨 소용이지?"

"말해서 손해 볼 건 없으니까 말하라는 거야."

이도원은 느긋하게 상체를 기대고 기다렸다. 그러자 잠시 고민하던 김진우가 한숨을 푹 내쉬고 입을 열었다.

"좋아. 내가 마약을 투약했던 적이 있는 건 사실이지만 최근은 아니다. 내 명의가 아니었던 집, 차, 그리고 내가 마신 와인에서 모두 마약이 나오거나 성분이 검출됐지. 거기다 현행범으로 몰렸으니 진퇴양난의 상황인데— 이런 규모의 사건을 조작할 만한 배후가 누굴까?"

이도원이 망설임 없이 답했다.

"레드 엔터테인먼트 이로빈 대표."

"그리고… 내 아버지, 김봉민 의원의 합작품이지."

덧붙인 김진우가 미소를 띠며 말을 이었다.

"물과 기름처럼 서로 섞이지 않는 부류가 자꾸 접촉을 하게 되면 양쪽 다 말라붙게 마련이야. 너와 저들은 완전히 다른 부류의 인간이다."

"혼자 어쩔 셈이지?"

이도원이 묻자 김진우는 어깨를 으쓱였다.

"혼자 죽을 수는 없지. 이런 순간을 위해 내 나름대로 마음의 준비를 해왔고."

그 말을 듣고 나직이 한숨을 쉰 이도원은 몸을 일으켰다.

"그럼 준비한 일, 열심히 해봐라."

"잠깐."

김진우가 이도원을 돌려세웠다.

"언론에 내 이름이 공개되지 않은 이유를 말해주마. 얼마 전 이로빈 대표의 비서실장이 찾아와서 내게 제안을 하더군. 일 하나 도와주면 마약 투약만 인정하고 초범으로 최대한 감형해서 집행유예를 때려 줄 테니 해외로 나가 살라고 말이야."

"그래서?"

"거절했지. 그랬더니 이미 레드 엔터테인먼트 연습생 여럿을 매수해서 증인을 준비해 놨다고, 이대로 마약 투약 및 판매로 들어가면 앞이 깜깜할 거라고 하더라고. 하긴, 증인으로서 신원 보장이 되는 상태에서 말 몇 마디만 해주면 밀어 주겠다고 했을 테니 연습생 몇 꾀는 건 어렵지 않았을 거야."

들으면 들을수록 기가 막혔다.

그럼에도 이도원은 담담한 얼굴로 물었다.

"그쪽에서 제안한 일이 뭐였지?"

"널 제거하는 일이다."

김진우가 눈을 반짝이며 말을 이었다.

"그래서 네가 날 도와줄 수 있겠다는 생각이 들더군. 네가 위험을 감수하고 나와 함께 레드 엔터테인먼트를 박살 내 준다면, 나는 보답으로 내 아버지— 김봉민 의원을 무너뜨려주지. 네가 그 양반의 눈에 찍힌 이상 그대로 두면 앞으로 계속 귀찮은 일이 생길 거다."

이도원은 심장이 찌릿했다. 타임 슬립 전 겪었던 죽음이 재현되는 느낌이 든 것이다. 그때나 지금이나 〈서커스〉, 그리고 김진우와 관계된 일이었다.

"내가 널 어떻게 믿지? 다시 예전처럼 돌아갈 수 있는 기회를 차버리고 복수를 선택하겠다고?"

"다시 예전처럼 돌아간다고? 난 이미 마약사범이 됐다. 신뢰가 깨진 이상 돌아가는 건 절대 불가능해. 믿든 안 믿든 그건 자유지만 난, 나를 이 지경으로 만든 놈들에게 복수하고 누명만 벗으면 만족한다."

이도원은 생각에 잠겼다.

'날 죽이려 한 원수와 이제는 한 팀이 돼야 한다고?'

따지고 보면 꼭 그래야만 하는 것도 아니었다. 하지만 김진우의 말이 모두 사실이라면, 거대한 적을 물리칠 절호의 기회가 될 수도 있었다.

그때 교도관이 면회 시간 종료를 알려왔다.

"십오 분 다 됐습니다."

이도원은 고민 끝에 가장 중요한 사실을 물었다.

"날 어떻게 제거하라고 하든?"

김진우가 자리에서 일어나며 무표정한 얼굴로 대답했다.

"널 죽여 달라더군."

"뭐?"

"그런데 내가 어떻게 사람을 죽이겠어? 돈이라면 사람도 죽여줄 사람을 시켜서 널 해치려는 거지. 혹시라도 똥물이 튀는 게 싫으니까 날 이용해 일을 치르는 걸 테고."

그 말인즉슨 타임 슬립 전에도 김진우의 독단적인 범행이 아니었을 수 있다는 의미가 된다. 이미 사라져 버린 일들에 대해 조사할 수 없는 답답함이 이도원의 가슴을 짓눌렀다. 이윽고, 그는 차갑게 굳은 얼굴로 물었다.

"내가 뭐라고, 그렇게까지 하려는 거지?"

"글쎄… 왜 네게 집착하는지 그건 나도 모른다. 하지만 이로빈으로서는 그럴 수도 있다고 봐. 평생 이룬 것들을 네 폭로로 인해 위협받게 됐으니까."

김진우는 자리를 떠나기 전 마지막으로 덧붙였다.

"넌 잘 모르겠지만 그런 성향의 인간들은 자신이 한 일을 뉘우치지 않아. 나 역시도 마찬가지고. 아무튼 내 제안은 잘 한 번 생각해보길 바란다."

이도원을 구치소를 떠나기 전, 이로빈에게 면회 신청을 했다.

이로빈은 윤세라 사건에 대한 주변인들의 증언으로 인해 구치소에 수감된 채 공판을 치르는 중이었다. 그는 이도원의 면회 요청을 받아들이고 모습을 드러냈다.

"이 누추한 곳까지 웬일이지? 내 모습을 확인하러 왔나?"

이로빈이 묻자 이도원은 유리창을 사이에 둔 채 수화기에 대고 답했다.

"곧 교도소로 가게 될 텐데, 그 안에 생활은 잘 맞는지 모르겠네."

"싸가지 없는 새끼."

욕지거리를 뱉은 이로빈은 희번덕 눈을 빛냈다.

"앞으로 일을 알려주지. 난 무혐의 처분을 받을 거다. 그리고 넌 나를 겨냥했던 걸 크게 후회하며 절망하게 될 거야."

"후회는 당신이 해야 할 것 같은데? 모두 당신이 자초한 일이야. 잘못을 하면 언젠가는 탄로가 나는 법이고, 부정하게 지어올린 탑은 한순간에 무너진다는 사실을 몰랐나?"

"고작 이런 일로 날 무너뜨릴 수 있다고 생각하는 건가?"

"허세 부리지 말지."

이도원이 냉랭하게 말을 이었다.

"내가 부수지 않았어도 당신은 무너졌다."

"그 이야길 하러 여기까지 온 건가?"

"아니."

고개를 저은 이도원은 나직이 말문을 열었다.

"김봉민 의원과 차기열 회장에게도 안부 전해달라고 말하러 왔다. 워낙 높으신 분들이라 직접 뵙기가 힘들 것 같아서 말이지. 당신은 그 안에서도 종종 연락을 주고받는 걸로 아는데?"

"선전포고라도 하는 건가?"

이로빈이 딱딱하게 굳은 얼굴로 물었다.

반면 이도원은 미소를 띠었다.

"그런 거창한 건 아니고. 무고한 사람들을 도구로 이용했던 죗값은 받아야 하지 않겠어?"


김진우는 이도원을 살인교사한 후 한국을 뜨라는 레드 엔터테인먼트의 제안을 받아들이고 두 달 만에 풀려났다. 마약 투약만 인정되고 판매는 무혐의 처분을 받았다. 김봉민 의원이 손을 썼기에 결국 집행유예라는 솜방망이 처분으로 끝날 수 있었던 것이다. 그리고 지금 그는 한 사람을 만나기 위해 공사판에 와 있었다.

"크, 먼지가 많아."

손을 휘휘 내저은 김진우가 선글라스 너머로 담배를 피우고 있는 남자를 바라보았다.

허우대가 떡 벌어진 남자는 담배꽁초를 버리고 물었다.

"누군데 날 찾아온 거요?"

"그건 알 것 없고. 그쪽 같은 사람한테 적합한 일거리가 생겨서 찾아왔습니다. 인생의 터닝 포인트로 삼을 수 있을 정도의 보상이 기다리고 있는 일입니다."

"하, 내가 누군 줄 알고?"

김진우는 깊게 눌러 쓴 모자챙을 살짝 들었다. 이어서 그는 종이 한 장을 펼쳐들고 술술 읽기 시작했다.

"이름 한태양, 나이 서른. 소년원 출소 후 나쁜 짓을 꽤 하셨군. 한참 강원랜드에서 의사나 법조인들에게 뽀찌(경기나 도박 등에서 많은 돈을 획득한 사람이 주위 사람들에게 사례를 하는 것)를 받으면서 지냈었고, 뽀찌를 안 주면 회사로 찾아가겠다며 협박을 해서 받아냈다고. 그렇게 마련한 자금으로 도박장 내에서 빌려주고 이자는 곱으로 받으며 지내다가, 밑천이 마련되자 불법 사채업을 시작. 마침내 인생 좀 풀리나 싶었더니 협박죄로 검거돼서 형을 살고 나왔단 말이지. 결국 그쪽 일에서 손을 떼고 노가다 꾼으로 살아가는 중. 맞습니까?"

"내 뒷조사까지 한 걸 보니 심심한 일은 아닐 것 같소."

한태양은 안전모를 벗고 물었다.

"무슨 일입니까?"

그에 김진우가 한태양의 신상정보가 적힌 종이를 구기며 대답했다.

"실수를 좀 해줘야겠습니다. 그리고 당신이 한 실수로 인해 사람 하나가 죽어야 합니다."

"사람을 죽이라고? 내가 응할 것 같소? 내가 아무리 쓰레기같이 살았어도, 살인을 할 만큼 바닥은 아닙니다. 그런 말 같지도 않은 소릴 하려거든 돌아가시오."

"말은 똑바로 합시다."

김진우는 침착하게 말을 이었다.

"발각돼서 인생을 조질까 봐 못하는 것뿐이지, 그쪽은 큰돈이 되는 일이라면 살인도 불사할 사람이 아닙니까?"

한태양은 표정을 일그러뜨리며 험악하게 으르렁거렸다.

"당신이 누군지는 모르겠지만, 어디 끌려가서 처맞기 싫으면 적당히 하고 돌아가쇼."

"글쎄, 나도 유단자라. 여하튼 간에 법적으로 문제가 되지 않도록 처리할 수 있다면 어쩌겠습니까?"

"사람을 죽이는데 법적으로 문제가 안 된다고? 그 말을 믿으란 말이오?"

"사고사 처리가 될 테고, 그래도 불안하면 외국에 나가 살면 되지 않습니까? 이 일을 수락만 한다면, 그쪽은 평생 써도 다 못 쓸 돈을 선물로 받게 될 겁니다."

곰곰이 생각하던 한태양이 말했다.

"어디 한번 얘기나 들어봅시다."

미소를 띤 김진우가 고개를 끄덕였다.

"여긴 좀 그렇고… 대화할 만한 곳으로 가시죠. 반가워 할 사실을 하나 더 말해주자면 내가 의뢰하는 대상의 이름이 그쪽을 처음 소년원에 처넣고도 잘 먹고 잘 사는 이도원이란 겁니다."

\*       \*       \*

김진우가 구치소에 있던 세 달간 이도원은 아무 일도 없다는 듯 미국과 한국을 오가며 자신의 일정을 소화해 나가고 있었다. 그는 줄곧 백 엔터테인먼트 대표로서 이상백과 함께 제임스 윌리스 감독의 차기작을 전담하는 배급사나 제작사 대표들과 직접 미팅을 가졌는데, 2년 넘는 미국 생활이 의사소통이나 문화를 이해하는 데 도움이 됐다.

뉴욕으로 향하는 비행기 안, 옆자리에 앉은 이상백이 말을
걸어왔다.

"드디어 제임스 윌리스 감독을 만나겠구나."

"세계적인 거장을 만나게 되다니, 믿기지 않네요."

"〈아스라이〉로 네 인지도가 생겼다고 하더라도 제임스 윌리
스 감독의 제안은 뜻밖에 일이야. 더구나 이번 영화의 주연으
로 쓰고 싶다니… 오죽하면 팔십이 넘는 고령이라 정신이 온
전치 못한가 하는 의심마저 들었다."

"하하. 설마요."

말은 그렇게 했지만 당황스럽기는 이도원도 마찬가지였다.
할리우드 톱스타에 비하면 무명에 가까운 배우를 주연으로
삼겠다니.

'정말 노망이 든 건가?'

배급사와 투자사에서도 분명 의심해 보았을 것이다.

물론 면전에서야 내색하지 못했겠지만.

이상백이 다시 입을 열었다.

"워낙 인맥과 명예가 있는 감독이라 배급사나 제작사도 꼼
짝 못 하고 있는 게다. 그래서 우리도 협상하기가 편한 거고.
너도 들어서 알겠다만, 웬만한 조건은 다 수용하라고 말했다
는구나."

"제가 아들도 아닌데 왜 그러는지 모르겠어요."

이도원은 제임스 윌리스 감독의 파격적인 대우를 농을 곁들여 표현했다.

그에 고개를 끄덕이던 이상백이 화제를 돌렸다.

"그나저나, 이번에 중영극단에서 공연을 한다지?"

"예, 두 달 정도만 준비하면 공연 올릴 수 있을 것 같습니다."

"그렇게 빨리?"

"저랑 차지은을 제외하면 그동안 쭉 합을 맞춰왔던 배우들이니까요. 물론 저희도 '영웅'때 함께했고요."

"꼭 해야겠냐? 아무리 시간이 있다고 해도 제임스 윌리스 감독 작품에 집중하는 게 낫지 않겠어?"

"시나리오 자체가 공연이 끝날 때쯤 나오잖아요. 공연이든 촬영이든, 쉬고 싶지 않습니다. 감각이 녹스는 게 끔찍해요."

그 말을 들은 이상백은 근심 어린 표정으로 경고했다.

"오버페이스는 슬럼프를 초래하게 마련이다. 기계도 매끄럽게 굴러가려면 기름칠을 해줘야 하는 것처럼, 사람인 이상 휴식이 필요한 법이야."

"분명 슬럼프가 올 수도 있겠죠. 하지만 어느 정도가 제 한계점인지 알고 싶습니다. 어디까지가 제 페이스인지 아직은 알 수 없으니까요."

이도원의 대쪽 같은 모습을 본 이상백이 한숨을 쉬었다.

"어른 말 안 듣는 놈 치고 잘 되는 놈 못 봤는데, 넌 예외라서 내가 뭐라고 할 말이 없구나. 그저 걱정하고 지켜보는 수밖에 없으니, 원……."

"저 괜찮아요. 교수님."

이도원이 이상백의 팔을 잡고 덧붙였다.

"긍정적인 마음만 잃지 않는다면 부딪치고 깨져도, 언젠가 더 성숙한 모습으로 일어날 수 있을 겁니다."


두 사람은 인천 공항에서 대한항공 A380의 퍼스트클래스 좌석에 탑승해 14시간여 만에 뉴욕 JFK(존 F 케네디 국제공항)에 도착했다. 아무리 일등석을 이용했더라도 장장 열 시간이 넘는 비행은 고될 수밖에 없었다. 아무래도 피로감은 젊은 이도원보다 오십이 넘은 이상백이 더 컸다.

"올 때마다 죽겠다, 아주."

이상백이 엄살을 부렸다.

이도원은 그를 보며 말했다.

"그래도 꾸준히 운동을 하셔서 그런지, 우리랑 함께 탑승한 어르신들보다 훨씬 여유로우시던데요?"

"겉만 그런 거야. 속은 똑같아."

두 사람이 여행 짐을 찾아 공항 밖으로 나가자 고급스러운 흰색 리무진이 대기하고 있었다.

"정말 대접받을 때마다 소름 끼치네요."

이도원이 차에 타며 말했다.

그도 그럴 것이 〈웨스트마운틴〉과 쌍벽을 이루는 배급사 〈라이온 킹〉에서 예전과는 차원이 다른 귀빈 대접을 받고 있는 것이다.

그 부분에 대해 이상백이 간단히 설명했다.

"세계 최고의 거장이 초대했으니 대우가 다를 수밖에 없지."

운전수가 출발했다.

〈라이온 킹〉 배급사의 으리으리한 빌딩 앞에 도착하자 그들을 지금껏 가이드 했던 남자가 기다리고 있었다. 그는 차에서 내리는 두 사람을 반기며 유쾌하게 악수를 청했다.

"한 달 만이군요! 두 분을 만날 생각에 오늘 아침잠을 설쳤습니다."

"매번 감사합니다."

이도원이 빙긋 웃으며 따라 들어갔다.

엘리베이터 안에서, 가이드가 일정을 설명했다.

"두 분은 오늘 처음으로 연출부를 만나게 되실 겁니다. 제임스 윌리스 감독님과 조감독님께서 와계십니다."

"떨리네요."

이도원은 진심을 담아 대답했다.

이상백 역시 긴장으로 굳은 표정이었다.

"영화인으로서 존경하던 위인을 직접 만나게 되다니."

그는 한국말로 감탄했다.

가이드가 궁금한 시선을 보내자 이도원은 빙그레 웃으며 말했다.

"우리 모두 감격했습니다."

"아, 그렇군요."

가이드는 엘리베이터 문이 열리자마자 다시 앞장서서 안내했다. 미팅 룸 문을 열어젖힌 그는 밖에 남으며 말했다.

"들어가시면 됩니다."

이상백과 이도원은 미팅 룸 안으로 들어갔다.

그곳에는 화면이나 사진으로만 보던 제임스 윌리스 감독이 있었다.

그러나 이도언은 감개무량한 기분을 만끽할 새도 없이 깜짝 놀라고 말았다. 제임스 윌리스 감독 옆에 〈아스라이〉의 감독을 맡았던 앤 로버츠가 앉아서 웃고 있었던 것이다.

'이게 어떻게 된 일이지? 설마⋯⋯.'

그때 제임스 윌리스 감독이 이상백과 이도원에게 자리를 권하며 입을 열었다.

"반갑습니다. 난 제임스 윌리스 감독입니다. 그리고 여기 이 친구는 연출부의 앤 로버츠 조연출이죠. 바로 이 친구의 추천으로 이도원 씨를 알게 됐습니다."

그때서야 이도원은 자신이 섭외된 경위를 알 수 있었다. 두 사람이 착석하자 제임스 윌리스 감독이 그 짐작을 확인시켜 주었다.

"앤의 추천으로 〈아스라이〉를 보게 됐습니다. 하지만 난 확실한 게 필요했고 추가적으로 원본 필름을 요청했죠. 그리고 그 필름을 모두 본 순간 결정할 수 있었습니다. 난 아내와 모든 일을 상의하는데, 내 아내는 도원 씨를 보고 그러더군요. 눈빛만으로 여자 옷을 벗길 수 있는 배우라고요."

앤 로버츠는 웃으며 맞장구를 쳤다.

"내 속을 다 읽히는 느낌이죠."

정작 이도원이 머쓱해졌다. 면전에 대고 이런 칭찬을 받는 일이 낯설었기 때문이다. 더구나 상대는 세기의 거장 제임스 윌리스 감독이었다.

"감사합니다."

찰나 동안 고민했던 이도원은 최대한 짧게 대답했다. 감격스러운 감정도, 부끄러운 감정도 절제했다.

고개를 끄덕인 제임스 윌리스가 이상백에게 시선을 돌리며 말했다.

"내가 처음 한국에 좋은 이미지를 가진 건 베니스 영화제에서 수상했던 유태일 감독 덕분이었습니다. 저예산으로도 그런 훌륭한 영화를 만든 걸 보고 재능에 감탄했었죠. 또 독립영화에 과감한 투자를 해서 상업화시키고, 베니스 영화제까지 갈 수 있도록 만들 만큼 안목을 지닌 사람이 누굴까 궁금했습니다. 바로 백 프로더션의 이상백 대표님이더군요."

그동안 말없이 앉아 있던 이상백이 겸손하게 대답했다.

"모두 유태일 감독의 작품이 훌륭했기에 이룰 수 있었던 결과입니다. 전 숟가락만 얹은 격이지요."

"하하! 표현이 재밌군요."

제임스 윌리스가 눈을 빛내며 말했다.

"과연 한국은 겸손이 미덕인 나라입니다."

이후에도 제임스 윌리스는 한국 문화에 대하여, 정작 한국인인 이도원이 부끄러워질 정도로 애정 넘치는 모습을 보여주었다. 그가 한국 여행을 다녀왔다는 사실도 알 수 있었다.

"정작 영화만 보고 왔습니다. 함께 갔던 가족들이 불평을 했죠. 한국의 상영관은 최곱니다."

이런저런 이야기를 나눈 끝에 그가 슬슬 본론을 꺼냈다.

"계약 조항 등, 대부분 제작사 측과 합의를 본 걸로 알고 있습니다. 그럼에도 굳이 오늘 미팅 자리를 만든 건 인사치레보다 중요한 이유가 있어서입니다. 최종적으로 이도원 씨의 연기를 제가 직접 보고 싶기 때문이죠. 다 보고 만족감을 느낀다면 이 자리에서 개런티를 두 배로 올릴 생각입니다. 그래서 투자단 대표인 이상백 이사께서 동행해 주길 요청한 거고요."

눈을 빛낸 제임스 윌리스 감독이 덧붙여 말했다.

"이미 주연은 결정이 난 사항이지만, 나는 내 상상을 뛰어넘는 배우를 보고 싶거든요."

제임스 윌리스 감독의 기대어린 시선을 받은 이도원은 부담감이 어깨를 짓눌렀다. 제아무리 이런 분위기에 익숙하다지만 상대가 상대다 보니 긴장이 되는 건 어쩔 수 없었다.

'쟁쟁한 할리우드 스타군단을 기용해온 감독의 상상을 뛰어넘으려면 대체 어떤 연기를 보여줘야 하는 거야?'

고민을 해봐도 마땅한 장면이 떠오르지 않았다.

그때 제임스 윌리스 감독이 눈짓을 했다. 그러자 앤 로버츠가 미리 준비해 두었던 오디션 대본을 건넸다.

"단어가 꽤 어려울 수도 있어요. 의학 용어거든요."

대본을 받은 이도원이 당황한 눈빛으로 물었다.

"이건 왜……?"

대부분 오디션 대분은 앞으로 촬영하게 될 영화의 쪽대본을 인용하게 마련이었다. 그런데 지금 받은 대본은 미국 HBO 채널의 메디컬 드라마인 것이다.

그 질문에 제임스 윌리스 감독이 대답했다.

"아, 내가 아직 말을 안했군요. 영화 대본은 아직 안 나왔습니다. 해서 내가 지금 연출하고 있는 드라마의 대본을 드린 겁니다."

이 드라마가 제임스 윌리스 감독이 연출한 작품이란 사실은 이도원도 알고 있었다. 의외인 점은 앞으로 들어갈 영화와 전혀 다른 장르의 대본이란 것이었다. 또한 의학 용어가 버무려져 있기 때문에 별다른 연습 없이 즉석에서 볼 오디션 대본으로는 부적합했다.

그럼에도 제임스 윌리스 감독은 눈을 반짝이며 별말 없이 기다리고 있었으니 이도원은 시키는 대로 할 수밖에 없는 입장이었다.

"…그럼 시작하겠습니다."

말한 이도원은 눈을 감고 숨을 골랐다.

제임스 윌리스 감독은 물론 앤 로버츠 역시 흥미진진한 표정으로 이도원을 주시하고 있었다. 한편 옆에서 대본을 힐끔 보았던 이상백은 마음 한구석에 기대감이 소용돌이치는 걸 느꼈다.

'전문 용어가 있다. 대본을 한 번 읽고, 이해할 시간도 없이 연기를 할 수 있을까? 그동안 얼마나 발전했는지 볼 수 있겠어.'

세 사람의 달뜬 눈빛을 받은 이도원이 눈을 뜨며 응축된 호흡을 내뱉었다.

침묵 속에 앙다문 입술과 눈 한 번 깜빡이지 않는 무표정이 분위기를 냉각시켰다. 등장만으로 무시무시한 카리스마를 내뿜으며 긴장감을 고조시키는 것이다.

'이건, 화면 너머로 봐도……'

제임스 윌리스 감독은 생각을 잇지 못했다. 말 한마디 없이 숨 막힐 듯 중압감을 더하며 장내를 장악하는 배우를 마주한 건 오랜만이었기 때문이다. 그야말로 관객이나 시청자가 눈 돌릴 틈도 주지 않는 흡인력이었다.

이도원은 완전히 몰입한 상태로 대사를 쳤다.

"어째서 그게 두려움이지? 이성적인 거야. 정서적으로 성숙한 인간들은 직장 동료와 데이트하지 않네. 이별이 보장돼 있고, 그 후 지저분한 상황을 잘 알고 있기 때문이지."

앞뒤 대사를 듣지 않아도 냉철한 의사임을 알 수 있었다. 대본상 내용 때문이 아니라 이도원이 캐릭터를 살려낸 덕분이었다. 그는 호흡, 말투, 표정 하나까지 놓치지 않았다.

'역시. 마치 대본을 수백 번 보고 연습해 온 사람 같아.'

앤 로버츠는 그런 생각을 했지만, 제임스 윌리스의 생각은 조금 달랐다.

'반복된 연습만으로 될 일이 아니다. 이미 완성된 배우만이 보여줄 수 있는 모습이야.'

별처럼 빛나는 두 사람의 눈빛을 의식한 이상백은 내심 흐뭇한 미소를 그렸다.

'날 놀라게 하더니, 세계를 놀라게 만드는 배우가 됐구나.'

그 시선을 개의치 않고 이도원은 다음 대사를 보았다.

무슨 뜻인지 정확히 알 수 없는 단어들이 나열돼 있었다. 하지만 적어도 읽을 수는 있었다. 이 대사를 어떻게 소화할지, 고민은 짧고 결단은 빨랐다.

'확실한 건 이 부분이 의학적인 내용이라는 것.'

공과 사가 확실하고 본연의 성격이 냉철할수록 환자를 대하는 태도는 사리에 맞을 것이다. 자신이 하는 일에 철저하고 상사에게 인정받는 면모를 보일 터였다.

찰나 만에 분석을 끝낸 이도원은 이전 대사와 다른 분위기로 입을 열었다.

"부원장님. 환자의 심장판막은 정상입니다. 심내막염이 아니에요. 그런데, 심막이 두꺼워져 있습니다. 이건 말이 안 돼요. 심장 문제가 있긴 한데……."

이도원이 말끝을 흐리자 맞은편에서 앤 로버츠가 대사를 쳐주었다.

"일과성 허혈 발작."

이도원은 고개를 끄덕이며 설명했다. 사적인 모습과 달리 흥미롭게 반짝이는 눈이 마음속 뜨거운 열정을 내비치고 있었다.

"예. 케이지의 말대로 매독성 혈관염은 일과성 허혈 발작을 설명할 수 있습니다. 심장 염증도요. 하지만 이상한 건 매독

검사 결과 음성이 나왔다는 거죠. 환자 역시 한 번도 성적 활동을 하지 않았다고 합니다."

앤 로버츠는 고개를 갸웃했다.

"케이지가 틀렸다? 그럼?"

이도원은 자신 있게 대답했다.

"환자는 고조된 면역 체계를 가지고 있다고 봅니다. 쇼그렌 증후군이 만성심막염과 뇌동맥염을 줬을 수 있어요. VI 면역억제제로 치료를 해보죠. 면역체계가 안정된다면 일주일 내에 환자를 퇴원시킬 수 있을 겁니다."

세 사람이 침묵했다.

이도원은 캐릭터를 정확히 이해한 채 연기를 했다. 인물의 사적인 단면만 보고도 공적으로 어떤 모습일지, 나머지 반쪽을 완성시킨 것이다. 그 두 가지 모습이 너무나 극명해서 캐릭터의 매력을 수직상승시켰다.

제임스 윌리스가 입가를 손으로 쥐며 주체할 수 없는 웃음을 숨기고 말했다.

"이거 미국으로 좀 더 일찍 와줘야 할 것 같은데요."

말한 그는 앤 로버츠를 보았다.

앤 로버츠 역시 빙그레 미소지으며 고개를 끄덕였다.

"제 생각도 같아요."

영문을 모르는 이상백이 물었다.

"실례지만 그게 무슨 뜻입니까?"

"이도원 씨를 방금 연기해 본 배역으로 섭외하고 싶다는 말입니다."

제임스 윌리스의 대답에 이도원이 절로 물었다.

"예?"

"우리는 지난 몇 달 간 이 배역에 맞는 배우를 찾고 있었습니다. 적은 분량으로 드라마 후반부에 등장하지만 전체를 관통하는 키가 되는 인물이기 때문에 신중할 수밖에 없었습니다. 카메오 출연만으로 인상적인 연기를 보여줄 수 있는 배우는 드무니까요."

빙그레 웃은 제임스 윌리스가 말을 이었다.

"원래는 오디션이었을 뿐 예정에 없던 일이지만, 이도원 씨가 이 역할을 누구보다 잘 해줄 수 있을 거라는 생각이 들었습니다."

이도원으로서는 곤란한 제안이었다. 중영극단 공연이 잡혀 있었기 때문이다. 그의 난처한 표정을 놓치지 않은 이상백이 제임스 윌리스와 앤 로버츠, 두 사람에게 말했다.

"시간을 좀 주십시오. 한국에서의 스케줄과 조율을 해보고 결정을 해야 합니다."

"일주일 내로 연락 주십시오. 드라마 촬영 일정은 오늘 내에 메일로 보내두라고 하겠습니다."

말미를 준 제임스 윌리스가 덧붙였다.

"함께 영화 작업을 하기 전에 드라마로 호흡을 맞춰볼 수 있다는 건 좋은 기회입니다. 미리 관객에게 얼굴을 알릴 수 있는 계기도 될 거고요. 〈아스라이〉는 도원 씨를 널리 알리기에는 힘이 조금 부족했습니다."

이도원은 고개를 끄덕이고 대답했다.

"긍정적으로 검토해 보겠습니다."

그 후 앞으로 들어갈 영화에 대한 이야기를 더 나누었다. 미팅이 모두 끝나자 앤 로버츠가 친히 엘리베이터까지 두 사람을 배웅해 주었다.

"언제까지 있을 계획이죠?"

그녀가 묻자 이도원이 빙그레 웃으며 말했다.

"이 주 정도 있을 거예요. 고맙습니다. 덕분에 최고의 감독님과 작품을 함께할 수 있게 됐어요."

"모두 도원 씨의 연기력이 인상적이었기 때문이에요. 아까 연기 보고 역시 내가 만난 최고의 배우라는 확신이 들었어요."

찬사를 아끼지 않은 앤 로버츠가 물었다.

"점심 먹을 기회 정도는 주겠죠? 이번 영화 조연출이 아닌, 팬으로서 부탁하는 거예요."

"좋습니다."

대화를 마친 앤 로버츠는 이상백과도 인사를 나누었다.

"곧, 또 봬요."

이상백 역시 고개를 살짝 숙였다.

"기회를 만들어줘서 고맙습니다."

"도원에게 보답한 것뿐인걸요. 도원이 없었다면 전 지금 이 자리에 없었을 거예요. 아마 영국의 집에서 뒹굴고 있었겠죠."

앤 로버츠는 이도원에게 입은 은혜를 기억하고 있었다. 전날 미국에서 성과를 못 내고 영국으로 돌아가야 하나 고민하고 있을 때, 이도원에게 전화가 왔었다. 그 덕분에 〈아스라이〉 연출을 맡을 수 있었다. 엘리베이터 문이 닫히는 짧은 순간 그녀는 지난 일을 회상했다.

'그때부터 시작이었어.'

이후 앤 로버츠의 실력을 높이 산 배급사 〈웨스트 마운틴〉의 부사장 데니스 알렌은 마침 공석이었던 제임스 윌리스 감독 팀을 소개해 주었다. 그 결과 세계 최고에게 일을 배우며 생활할 수 있는 기회를 거머쥐게 된 것이다. 제임스 윌리스의 조연출 자리는 감독을 꿈꾸는 모든 연출전공 학생들의 꿈의 직장이었다.

\*　　　　\*　　　　\*

"어떻게 할 생각이냐?"

엘리베이터 안에서, 이상백이 물어왔다.

그에 곰곰이 생각하던 이도원이 되물었다.

"두 가지를 한꺼번에 하는 건 무리겠죠?"

"스케줄 문제를 떠나서 거리가 너무 멀다. 한국과 미국을 오가야 돼."

드라마 일정이 규칙적인 것도 아니고, 촬영 기간과 공연 준비 기간이 겹친다면 현실적으로 불가능했다. 아쉬운 마음에 입맛을 다신 이도원이 입을 열었다.

"역시 그렇겠죠. 일단 드라마 촬영 계획표가 도착하면 다시 얘기 나누시죠."

"그래."

이상백은 고개를 끄덕이며 화제를 돌렸다.

"지사 공사는 완료가 되었는데, 바로 엔터 사업을 하기에는 무리가 있겠지?"

"예. 백 프로덕션 창립 초기와 비슷한 패턴으로 가야될 것 같습니다. 프로덕션으로 투자사업을 진행하면서 동시에 유투브 출신 배우들을 섭외하는 방식으로요. 유능한 이쪽 전문가들을 스태프로 두고 천천히 꾸려 나가야죠. 가수면 모를까, 배우 쪽은 아직 황무지입니다."

이도원이 눈을 반짝이며 대답하자 이상백은 고개를 절레절레 저었다.

"바빴을 텐데 공부 꽤나 했나보구나."

"공부는요. 앞이 깜깜한데요."

빙그레 웃은 이도원이 말을 이었다.

"그래도 초석은 정해놨습니다."

"음? 초석이라고?"

그 물음에 이도원이 고개를 끄덕이며 대답했다.

"우리의 첫 수는 김진우입니다."

"김진우는 레드 엔터 소속 아니냐. 얼마 전까지 궁지에 몰렸었다지만, 잘 무마된 것 같던데?"

이상백이 영문을 모르겠다는 듯 물었다.

그에 이도원은 마치 모든 걸 훤히 꿰고 있는 사람처럼 답했다.

"김진우는 망명하게 될 겁니다."

"망명?"

"예. 김진우가 김봉민 의원의 사생아라는 사실이 세상에 알려질 겁니다. 더불어 김봉민 의원이 자신의 정치 이미지를 위해 레드 엔터테인먼트를 이용했던 것, 차기열 회장으로부터 선거 자금을 확보한 경위가 폭로될 거예요. 김봉민 의원이 사실을 부인하고 잘 막는다고 해도, 그렇게 되면 정치 생명은 끝입니다."

이상백은 입을 떡 벌리고 있었다. 상상도 못한 말들이 이도원의 입에서 흘러나온 것이다.

"대체 이런 일을 언제, 어떻게 계획했단 말이냐?"

이도원은 빙그레 웃으며 말했다.

"누군가 그러더군요. 정도로 가지 않고 편도를 걸으면, 언젠가는 자멸하게 된다고요."

영화 투자사 관계자들을 만난 후 로스앤젤레스에 호텔을 잡은 이도원과 이상백은 백 엔터테인먼트 미국지사로 향했다. 아메리칸 항공을 통해 뉴욕에서 로스앤젤레스까지 직항으로 6시간이 좀 안 되는 시간이 걸렸다. 지사에 도착했을 때, 이상백은 이미 녹초가 돼 있었다.

"일정이 너무 빡빡한 것 아니냐?"

"일주일 안에 모든 일을 다 처리해야 하잖아요."

젊은데다 단련된 체력을 가진 이도원도 힘든 일정이었다. 대수롭게 대답하면서도 눈빛에 걱정이 묻어났다.

낌새를 채고 희미하게 웃은 이상백이 그를 안심시켰다.

"걱정 마라. 녹초가 됐긴 해도 아직 무리는 아니다."

"많이 힘드시면 말씀해 주세요."

고개를 끄덕이는 이상백에게서 시선을 뗀 이도원은 지사의 건물을 올려다보았다. 높이는 삼 층, 제법 넓은 부지에 지어진 건물이었다. 다만 도심과 떨어져 있어 대중교통의 접근성이 떨어지고, 주변에 아무것도 없다는 단점이 있었다.

"이 정도면 훌륭하네요."

"갈 길이 멀다. 네 말대로 머지않아 김진우가 오게 된다면, 준비를 서둘러야 하지 않겠냐?"

"크게 신경 쓰실 건 없습니다. 아마 미국에서 활동을 재개하기까지 꽤 오랜 시간이 소요될 겁니다. 또, 그때가 되면 한국에서부터 매니저를 붙인 채로 파견할 거예요. 미국 생활에 적응하게 될 때까지 백 유랑극단에서 공연하게 할 생각입니다."

"고등학교 때까지 미국에서 살다 왔다고 하지 않았나? 금방 적응할 텐데……."

말끝을 흐리던 이상백이 화제를 돌려서 물었다.

"그나저나 예언가처럼 말하는데… 도대체 어찌 된 영문이냐? 내가 모르는 일이 너무 많은 것 같구나."

"이렇게 서서 말씀드릴 게 아니라, 화면을 보면서 대화하시죠."

"화면?"

고개를 끄덕인 이도원은 사무실에 있는 노트북을 부팅했다. 또한 한국 포털 사이트에 들어가 검색어 순위 상위권을 모조리 독차지하고 있는 김진우에 대한 키워드를 클릭했다. 그 모습을 가만히 바라보던 이상백이 놀란 표정으로 신음처럼 물었다.

"이건?"

"예, 김진우가 드디어 터뜨렸습니다. 자신이 바로 김봉민 의원의 서자라고요."

인터넷이 관련 기사들로 떠들썩했다.

**―만약 사건이 가라앉기도 전에… 트러블메이커 '김진우' 폭로**

**―김봉민 의원 측, 사실무근… 명예훼손, 허위사실 유포로 고소 준비 중**

찬찬히 읽은 이상백이 미간을 찌푸리며 말했다.

"김봉민 의원이 고소 작전으로 나온다는 건 믿는 구석이 있다는 뜻이야. 친자확인검사만 피한다면 진실을 밝힐 방법이 없어진다. 그마저 조작할지도 모르지."

"그런 사람들을 보고 있으면 세상 참 편리하게 산다는 생각이 듭니다."

이도원의 대답을 들은 이상백은 씁쓸하게 웃었다.

"어쩔 수 없지. 그걸 보고, 잘 적응하고 똑똑하게 산다고 평하는 세상이니까."

이도원은 무표정한 얼굴로 고개를 끄덕였다.

"그래서인지 항상 스스로를 과신하더군요. 이로빈도 그 자만심 때문에 곤경에 빠졌듯이, 김봉민 의원도 지금까지 행해

왔던 악행이 부메랑처럼 돌아가 제 무덤을 판 꼴이 될 겁니다."

"이 기사들 외에도 무언가 더 있는 게냐?"

"예, 그걸 밝혀내기 위해 중영극단이 공연하는 무대에 꼭 서야겠습니다."

이상백은 대답 대신 휴대폰을 꺼내 메일함을 확인했다. 그 결과 메일 한 통이 도착해 있는 것을 볼 수 있었다.

"안 그래도 비행기에 있을 때 제임스 윌리스 감독에게 드라마 스케줄이 왔다. 자료를 오픈하기 전에 먼저 말해봐라. 만약 중영극단과 일정이 겹치면 어떻게 할 생각이냐?"

"드라마를 포기해야 할지도 모릅니다."

그 말에 이상백이 눈을 질끈 감고 물었다.

"현재 최고 시청률을 기록하고 있는 미드 출연 기회보다, 대학 동문 공연이 중요하다?"

"예, 그래야 한국에서 있었던 소란을 완전히 해결하고 편안한 마음으로 미국에 돌아올 수 있을 겁니다."

"도대체 그게 무슨 소리지?"

선문답을 주고받는 것만큼이나 답답해진 이상백이 물었다.

그에 이도원이 날카롭게 눈을 빛내며 대답했다.

"이로빈이 제 목숨을 노리고 있어요."

충격적인 내용 치고 너무도 담담한 목소리였다.

이상백은 입을 열었지만 잠시 말이 나오지 않았다.

'이게 무슨 청천벽력 같은 소리야?'

이윽고, 간신히 마음을 가라앉힌 그가 물었다.

"네 목숨을 노리고 있다는 게 무슨 뜻이냐?"

"말 그대로 절 죽이려 하고 있습니다. 중영극단 공연 때 실행될 예정이죠."

이상백은 선뜻 믿지 못하는 표정으로 물었다.

"만약 네 말이 사실이라면 더더욱 공연에 참가하면 안 되는 것 아니냐?"

"제가 내빼면 또 다른 기회를 노리겠죠. 더구나 김봉민 의원은 제가 이로빈을 궁지로 몰아넣는 과정을 봤습니다. 두 사람이 서로 접점이 있는 이상, 김봉민 의원도 제 존재 때문에 뒤통수가 간지러울 겁니다. 상대는 이로빈만이 아니란 뜻입니다."

이도원의 말은 틀린 구석이 없었다. 그렇다고 해서 수단과 방법을 가리지 않는 김봉민 의원과 맞서는 건 너무 위험했다. 이상백이 무어라 말을 해야 하나 갈등하는 사이 이도원이 치고 들어갔다.

"어차피 치킨게임이 된 겁니다. 어느 한쪽이 완전히 무너지기 전까지 끝나지 않을 싸움입니다."

한참을 고심하던 끝에 나직한 한숨을 내쉰 이상백이 물

었다.

"그래서? 어떻게 그런 정보를 미리 알고 있는 게야?"

이도원은 씨익 웃으며 대답했다.

"김진우에게 들었습니다."

"김진우에게?"

이상백이 놀란 얼굴로 되물었다.

"김진우는 그 사실을 어떻게 알고 있고?"

"이로빈이 푼 사냥개가 김진우입니다. 물론 김진우 역시 사람을 썼죠."

"대한민국에서 살인 청부라도 했다는 게야?"

"믿기 힘드시겠지만 진실입니다. 저를 죽이고 싶어 할 만한 사람을 제가 직접 추천했으니까요."

대답한 이도원이 자신의 메일함으로 들어가서 자료 하나를 보여주었다. 사람 뒷조사를 전문적으로 하는 업체에 의뢰했던 내용에 대한 답신이었다. 흡사 이력서처럼 생긴 파일 안에는 사진, 신장, 몸무게부터 가족 사항, 전과 기록 등 상세한 정보가 나타나 있었다.

"이직률이 잦은 일용직 특성상 이력서도 다양합니다. 그중 가장 사실과 밀접한 정보를 알아봤습니다."

"하. 이게 무슨 일……."

말끝을 흐리며 고개를 절레절레 젓던 이상백이 이어 물

었다.

"이렇게 자세히 알아볼 수 있는 것을, 백 프로덕션 인수 건 때 차기열 회장은 왜 그리 허술하게 당했을까? 이 정보들은 모두 믿을 만한 게냐?"

그에 이도원이 선선히 대답했다.

"예. 이번 경우는 조금 다릅니다. 제 어머니는 철저한 보안 시스템을 갖춘 회사에 다니셨고 저와 주소도 달랐습니다. 차 기열 회장으로서는 굳이 깊게 파 볼 만한 점을 찾지 못했던 거죠. 그저 대표님과 미리 결탁한 흔적이 있는지, 그 사실에 주력했을 겁니다. 하지만 이 한태양이란 자는 생각보다 조사 가 쉬웠어요. 비용도 많이 들지 않았고요. 조사 내용의 진실 여부는 전과 기록을 보면 알 수 있습니다."

그는 손가락을 튕겨 전과 기록이 적힌 부분을 툭 치며 덧 붙였다.

"폭행죄로 소년원 수감. 첫 전과를 만들어준 장본인이 바로 저니까요."

그러자 이상백이 의심 가는 눈치로 물었다.

"고작 그것 때문에 사람을 죽인단 말이냐?"

이도원은 고개를 끄덕였다.

"한태양은 자신의 삶에 대한 애착이 없고 현재와 미래를 비 관하고 있습니다. 그러던 어느 날 희망 없는 삶을 걸고 평생

꿈도 꾸지 못할 거금을 딸 수 있는 기회가 생긴다면? 기꺼이 도박을 할 겁니다. 타인을 때릴 수 있는 이기심이 있다면, 경우에 따라서 타인을 죽일 수도 있다는 법이죠. 우리가 봤을 땐 그냥 미친 짓이지만 한태양에게는 이번 기회가 인생을 바꿀 극적인 상황인 셈입니다."

장황하게 설명했지만, 사실 그가 단정 짓는 이유는 따로 있었다.

'운명은 돌고 돈다. 인연도, 악연도……'

이도원은 한태양의 사진을 처음 보았을 때 마주했던 소름 돋는 현실을 떠올렸다.

기억 속 저편의 자신을 죽였던 일용직 반장과 한태양의 외모가 일치했던 것이다.

비록 타임 슬립 전에는 일용직 반장과 삼십 대가 될 때까지 일면식도 없는 사이였지만, 이번 생에서는 고등학교 때부터 악연으로 얽히게 됐다. 아마도 이 사실을 모르는 한태양은 고등학교 시절 폭행 사건으로 인해 자신의 인생이 꼬였다고 여기고 있을 터였다. 그리고 당시 신고했던 이도원에 대한 원망과 복수심이 살해 동기를 격려하고 있었다. 그렇기에 이도원은 한태양이 이번에도 제안을 거절하지 못하리라고 생각했다.

이런 정황을 구구절절 말할 수 없는 이도원을 빤히 바라보던 이상백이 주름진 얼굴을 손으로 쓸었다.

"한 번 정리해 보자. 여기 화면 속에 있는 자가 돈과 복수심으로 똘똘 뭉쳐서 널 노리고 있다. 김진우를 통해 이로빈의 사주를 받았기 때문이지. 그리고 김진우는 스파이처럼 이 같은 정황을 모두 네게 보고했다. 여기까지 맞느냐?"

"예. 맞습니다."

"그럼 그다음은? 어쩔 셈이지?"

기다렸던 질문이 떨어지자 이도원이 대답했다.

"미리 정보를 입수한 이상 제가 위험에 처할 일은 없을 겁니다. 한태양의 소행은 미수로 그치겠죠. 이 사실을 미리 제보받은 경찰은 도주로를 차단하고 그를 체포할 겁니다. 제보자는 김진우, 다른 말로 해서 자수를 하게 되는 거죠."

"김진우가 순순히 자수를 한다고?"

"예, 마약 건이 크게 터지는 바람에 이로빈의 지시에 따르지 않는 이상 한국에서 활동하는 건 힘들어진 상태입니다. 이로빈은 이런 상황을 담보로 김진우를 믿고 있지만, 한 가지 간과한 점이 있죠."

"간과한 점?"

"네. 김진우의 목적을 잘못 알고 있습니다. 김진우는 배우로서의 성공을 꿈꾸는 게 아니에요."

이상백이 눈을 치뜨며 되물었다.

"그럼?"

"저는 김진우가 구치소에 있던 세 달 간, 틈틈이 연락을 취했습니다. 그로서 알게 된 사실은 김진우가 어머니와 자신을 버리고 돈으로 해결한 아버지를 극도로 혐오한다는 사실입니다. 처음 연예인이 되려고 한 이유도 하루빨리 아버지에 맞설 수 있는 위치에 서고 싶어서였더군요. 최대한 빨리 김봉민 의원의 부정한 부분을 폭로할 힘을 손에 넣을 수 있는 곳이 연예계였을 겁니다. 더구나 연기에 대한 재능까지 넘치니, 안성맞춤이었겠죠. 그런데 이로빈이 궁지에 몰리면서 오랫동안 기다려 왔던 결정적인 기회가 생긴 겁니다."

"배우로서의 성공보다 복수가 중요하다? 아버지와 함께 자폭을 할 생각이라는 건가?"

"예. 저는 김진우가 용단을 내린 대가로, 벌을 다 받은 후 미국에서의 새 삶을 보장했습니다."

두 눈을 짧게 빛낸 이도원이 이어 말했다.

"김진우는 제 편에 섰습니다. 계획대로 된다면 사건이 미수로 그칠 거고, 양심상 가책을 느끼고 자수한 부분이 인정될 겁니다. 저 역시 처벌을 원하지 않을 테고요. 이어서 김진우가 이로빈이 살인을 사주한 사실을 폭로할 테고, 그와 함께 한태양도 이구동성으로 거들게 될 겁니다. 한태양으로서는 자신에게 사주한 사람의 외압이 크면 클수록 감형에 유리할 테니까요."

머릿속으로 상황을 그려본 이상백이 거들었다.

"네 말대로 된다면 이로빈은 빠져나올 수 없겠구나."

이도원은 고개를 끄덕였다.

"예. 지금은 어떻게든 빠져나갈 구멍을 마련할 수 있을지 몰라도, 이렇게 되면 아마도 푹 썩어야 할 겁니다. 본격적으로 레드 엔터테인먼트에 대한 수사가 시작될 테고, 김진우가 조금만 거들어준다면 김봉민 의원과의 유착 관계도 드러날 겁니다."

완벽한 그물망이었다.

이상백이 팔을 걷어보니 닭살이 올라와 있었다. 자신을 보는 이도원의 혜성과 같은 눈빛을 보고 있노라니 모골이 송연했다.

"중영극단 공연 때 물의가 빚어질 걸 알면서, 함정으로 이용하는 건 옳지 않다."

그 부분에 대해 고민이 컸던 이도원은 나직이 한숨을 내쉬며 대답했다.

"일정이야 변경되겠지만 공연에는 최선을 다할 생각입니다."

이도원이 말을 이었다.

"대표님. 저는 그 사람들을 성인군자처럼 상대할 생각이 없습니다. 저를 죽이려 하는 상대를 살려둔다면, 결국에는 제가 당하고 말 테니까요."

한국으로 돌아간 이도원은 숨 돌릴 틈도 없이 영화 〈서커스
〉 무대인사 일정을 소화해야 했다. 김진우가 구치소를 나오면
서 마침내 〈서커스〉가 세상의 빛을 보게 된 것이다. 김진우의
마약사건이 일어난 지 얼마 안 된 시기였기 때문에 일각에서
는 불매운동이 벌어졌지만, 이도원의 복귀 작이자 유태일 감
독의 블록버스터라는 점은 이를 충분히 상쇄하고도 남았다.

빡빡한 일정에도 이도원은 중영극단의 창작극 〈사실주의
연극〉의 대본을 읽고 있었다. 노골적인 제목만큼 공감이 가는
내용으로, 우리가 잃어버린 낭만과 순수에 대한 기록을 담고
있었다.

그때 매니저 이진빈이 말을 걸었다.

"단원들이랑 호흡 맞춰보실 시간도 없네요."

이도원은 눈을 들어 시선을 맞추며 대답했다.

"이미지 트레이닝 하고 있다."

"이미지 트레이닝이요?"

고개를 갸웃하며 묻는 이진빈을 본 이도원이 설명해 주었
다.

"뮤지컬 '영웅' 때부터 함께했던 단원들이야. 연기할 때 템포
는 전부 이 머릿속에 있어. 이럴 땐 상상훈련만으로도 도움이
된다. 의식은 우리의 몸을 지배하지."

이진빈은 고개를 절레절레 저었다.

"대단하네요. '영웅' 끝난 지 오래 됐잖아요?"

"배우는 보고 느낀 모든 것을 기억해야 돼."

"음……."

이도원은 피식 웃으며 대본으로 시선을 옮겼다.

이진빈이 연기에 관심을 가지는 건 좋은 현상이었다. 현장에서 배우의 컨디션을 조절해 주고, 때때로 연기에 관한 조언이나 날카로운 피드백을 해줄 수 있는 매니저야말로 일류였기 때문이다. 어쩌면 배우만큼이나 연예계 생리나 연기에도 관심을 가져야 할 사람이 매니저인 것이다.

그 뒤에도 이도원은 대본을 보고 이진빈은 운전을 했다. 두 사람은 각자의 일을 하며 한 시간 반을 보냈다. 그리고 마침내 시사회가 예정돼 있는 코엑스에 도착했다.

"다 왔습니다."

주차장에 차를 댄 이진빈이 말했다.

고개를 끄덕인 이도원이 차에서 내려 기지개를 켰다.

"형. 이번 영화 평이 장난 아니던데요?"

이진빈은 운전석에서 내리며 말을 이었다.

"역시 흥행 보증 수표답게 엄청 태평하세요. 전 기대되고 떨리는데."

"나도 마찬가지야."

이도원이 시익 웃으며 대답했다.

"아직도 스크린에서 나를 보면 기분이 묘해. 특히 초반에는 영화에 몰입하기도 힘들고. 불쑥불쑥 내 모습이 나타날 때마다 집중이 깨지지."

"음, 영화를 마음껏 즐기지 못한다는 단점도 있겠네요."

"아무래도. 현장의 즐거움을 누린 대신, 관객으로서 느끼는 즐거움은 어느 정도 포기해야 하지."

두 사람은 대화를 나누며 주차장을 빠져나갔다.

엘리베이터에 올라 층수를 누른 이진빈이 물었다.

"형, 매일 영화 한 편은 보실 정도로 영화광이잖아요. 그런 점은 아쉽겠네요. 전 미처 그 생각은 못 했어요."

"그래서 이래저래 스케줄이 안 맞으면 무리하지 않고, 좋은 시나리오를 보고도 포기하는 경우가 있다고 하더라고. 연기하고 싶은 욕심보다 영화를 보고 싶은 욕심이 앞설 때. 나보다 더 적합한 배우가 연기하길 바란다거나, 철저히 관객으로 보고 싶다거나."

"형은 그런 적 없어요?"

"난 내가 해야 돼."

깔끔하게 대답한 이도원이 엘리베이터에서 내렸다.

이진빈이 졸래졸래 그를 따랐다.

두 사람을 발견한 극장 안의 사람들이 웅성대기 시작했다.

"이도원이다!"

"대박……."

몽롱한 눈빛의 여성 팬들을 심심찮게 볼 수 있었다.

뿐만 아니라, 이도원은 남성 팬들에게도 큰 인기를 누리고 있었기 때문에 반응은 거대한 해일처럼 일파만파 퍼져나갔다.

드넓은 극장 안이 술렁이는 가운데 안내요원들이 총동원돼 이도원의 주위를 지켰다. VIP 입장선이 쳐져 있었기 때문에 팬들은 일정 범위 이상 접근하지 못했다. 그럼에도 이도원은 선 밖으로 손을 뻗어 악수를 하고 함께 사진을 찍기도 했다.

"차지은이다!"

뒤에서 다시 한 번 술렁였다. 파도가 연달아 밀려와 등을 떠미는 느낌이 들었다.

가장 앞서 있는 이도원이 포토 존에 서자 사방에서 플래시가 터졌다. 그는 미소를 머금은 얼굴을 각 방향에 비춘 뒤 대기실 안으로 들어갔다.

잠시 후 미니드레스를 입은 차지은이 옆자리에 털썩 주저앉으며 말했다.

"휴……. 정말 체력이 생명이에요. 포토존에 서는 것만으로 이렇게 피곤한 게 말이 돼요?"

"원래 사람 많은 곳에 가면 더 피곤한 법이지."

이도원은 빙그레 웃으며 대답했다.

이내 오준식, 심재빈, 박아현, 유태일 감독이 차례대로 들어왔다. 김진우는 마약 건으로 인해 영화 홍보에서 제외된 상태였다. 마지막으로 입장해 문을 닫은 유태일 감독이 배우들을 둘러보며 입을 열었다.

"이번 영화는 일도 많고 탈도 많았습니다."

그는 무표정한 얼굴에 미소를 띠며 말을 이었다.

"하지만 영화 자체는 잘 나왔으니까. 이 시간을 즐기시길 바랍니다."

유태일 감독의 말에 부응하듯 문이 살짝 열렸다.

"감독님, 배우님. 입장해 주십시오."

"알겠습니다."

대답하고 고개를 돌린 유태일 감독이 말했다.

"그럼, 관객을 만나러 가자고."

유태일 감독과 배우들은 관객에게 간단한 인사를 하고, 맨 앞줄에서 함께 영화를 보게 됐다. 관객들은 〈서커스〉의 주역들과 한 공간에서 영화를 감상한다는 사실에 흥분했다.

〈서커스〉 오프닝이 끝나자 배우들의 모습이 나오기 시작했다. 화면 안에서 무기상에게 무기를 빼앗는 이도원 일당의 총격 씬이 펼쳐졌다. 그 와중에 심재빈이 분노를 주체하지 못하고 무기상 중 하나를 살해했다. 분노조절장애로 쓸데없는 살인을 하면서 경찰의 이목을 집중시킨 것이다.

작전에 차질을 준 심재빈을 제압한 이도원이 그의 총구를 머리에 겨눴다. 대사 한마디 없는데도 불구하고 이도원은 거친 폭력성과 눈빛만으로 관객을 압도하고 있었다.

연기를 본 관객들은 중간중간 감탄사를 뱉어냈다.

"연기력은 알아줘야겠어요."

차지은은 아이처럼 눈을 반짝이며 속삭였다. 흥분으로 달뜬 모습이 귀여웠다.

반면 오준식은 어느 때보다 심각한 얼굴이었다. 마침 스크린에서 오준식과 박아현 부부의 모습이 나오고 있었다.

오준식은 박아현과 자주 다투면서도 그녀를 끔찍이 생각했다. 범죄자답게 거친 면이 있지만 가정만은 지키려는 의지가 엿보였다. 그는 내면연기에 썩 만족하면서도, 이도원의 연기를 보며 하나라도 배우려는 듯 집중하고 있었다.

'금방 발전하겠어.'

이도원은 스스로의 연기를 객관적으로 바라보는 오준식을 보며 확신할 수 있었다.

스크린에 오준식과 박아현 부부를 보며 외로움을 느끼는 이도원의 모습이 잡혔다. 침착한 눈빛은 고독으로 물들었다. 그는 같은 팀의 오준식과 심재빈을 먼저 보내고, 바(Bar)를 찾았다. 그리고 그곳에서 차지은을 만났다.

'이도원과 차지은의 케미는 '바람' 때부터 증명됐어.'

유태일 감독은 만족스러운 미소를 지었다.

두 사람은 물이 솜에 빨려들 듯 서로에게 정신없이 빠져드는 모습을 보여주었다. 불처럼 활활 타오르면서도 일시적이지 않았다. 이도원은 그녀를 하룻밤 상대로 잊지 못하고 연락을 한 것이다.

—나는 삼 초 만에 버릴 수 없는 건 애초에 갖지 않았다. 그건 내가 이 일을 하며 절대 깨지 않는 규칙이었다. 이 규칙을 깬 순간, 난 이 바닥을 떠나야 하는 것이다.

이도원의 내레이션이 흘러나왔다. 그는 차지은을 선택했고, 그녀를 사랑하게 되자마자 마지막 한탕을 끝으로 이 바닥을 뜨기로 마음먹었다. 그녀와 멀리 떠날 것을 계획했다. 그리고 자신의 신분을 먼저 밝혔다.

그 후 차지은은 사랑하는 사람의 직업이 범죄자라는 것을 알게 된 충격을 실감나게 표현했다. 그럼에도 용서할 수밖에 없는 자신에 대한 혐오감도 내비쳤다.

'훌륭해.'

이도원은 감탄했다. 하지만 놀람은 거기서 그치지 않았다.

이도원 일당이 마지막 작전을 나설 때 심재빈이 빠졌다. 결국 이도원은 오준식과 둘이 일을 실행했는데, 현장에 그들을 집요하게 쫓던 김진우가 들이닥쳤다. 일에서 먼저 빠진 심재빈이 자신을 홀대하는 동료들에게 억하심정을 품고 배신하여 밀고한 것이다. 그로인해 오준식이 죽는 장면이 나왔다. 팽팽한 총격 씬이 관객들의 숨통을 조였다.

"아!"

오준식이 죽자 객석에서 안타까운 신음이 터져 나왔다.

이어서 박아현이 남편의 죽음을 듣고 형사 앞에서 의연한 모습을 보이려 애쓰는 장면과 현관문을 닫자마자 오열하는 모습이 나왔다. '윤세라 사건'이 그녀에게 오히려 자연스러운 울음을 쏟게 만들어주었다.

그 다음 순간, 객석이 차갑게 얼어붙었다.

숨소리조차 들리지 않았다.

'이건……'

오준식이 몸을 부르르 떨었다.

거대한 전율이 그를 덮쳤다.

'어마어마한 카리스마다.'

오준식을 잃은 이도원의 분노가 묵직하게 상영관 전체를 짓눌렀다. 그는 어떠한 대사보다 강렬한 침묵을 던졌다. 무표정한 얼굴과 이글이글 타오르는 눈빛이 섬뜩했다.

이내 장면이 전환되며 김진우가 등장했다.

"놈은 이미 달아났다. 지금쯤 중국에 도착해 있겠지. 난 씻고 사흘 동안 못 잤던 잠을 마저 잘 거야."

그는 의외로 분노하지 않았다.

깨끗이 단념하고 포기하려 하는 순간.

"옆방에 놈이 나타났습니다!"

경찰이 감시하던 CCTV 모니터에 이마에 총알 구멍이 난 채 죽어 있는 심재빈이 드러났다. 그로서 이도원이 도주하지 않았다는 걸 깨달은 김진우는 심재빈이 머물던 방으로 튀어나갔다. 그러나 이미 시체만 남았을 뿐, 그새 이도원은 어딘가 사라지고 없었다.

"젠장!"

김진우는 정신없이 이도원을 추격했다.

한편 이도원은 도주하며 차지은에게 전화를 걸어 이별을 통보했다. 그는 그녀를 삼 초 만에 버렸고, 사랑보다 복수를 선택한 것이다. 그 대가로 이도원은 결국 김진우의 총탄에 맞아 죽음을 맞이했다.

영화는 엔딩으로 치달았다.

차지은은 그림을 그리다 연필심을 부러트리거나, 멍하니 입술을 깨물다 저도 모르게 피가 맺힌다거나 하는 모습을 보여주며 한순간에 버려진 상실감에 미쳐가는 역할을 소름 끼치게 표현했다.

배우들 간에 겹치지 않는 별도의 촬영분이 많았기에, 영화를 통해 서로 현장에서 볼 수 없었던 모습을 확인할 수 있었다.

'대단한데.'

서로가 서로에게 감탄했다.

영화가 끝나갈 때 즈음, 유태일 감독이 속삭였다.

"다들 명품 연기를 보여줬지?"

그는 썩 기분이 좋아보였다. 많은 우려에도 불구하고 일주일 만에 700만 관객을 넘으며 최단기록을 허문 것이다. 그렇게, 유태일 군단은 무서운 기세로 흥행 신화를 써 내리고 있었다.

* * *

2025년 7월 1일.

이도원은 두 달도 되지 않는 시간 동안 연습에 참여했다. 그럼에도 단원들 모두가 우려 대신 기대의 시선을 보내고 있었다.

중영극단 공연 전 리허설을 마치고 곁에 앉은 차지은이 이도원을 힐끗 보며 말을 걸었다.

"오빠. 고작 한 달 연습해놓고, 반칙 아니에요?"

화장 대신 땀이 흥건한 맨 얼굴에 머리카락이 미역줄기처럼 눌러 붙었지만, 그녀를 보는 이도원의 눈빛은 따스했다. 연습을 하고 난 뒤 모든 힘을 뺀 모습이야말로 가장 아름다워 보였던 것이다.

'공연이 좋다.'

이도원은 연습실을 후끈하게 물들이는 땀 냄새가 향기로웠다. 연습실을 가득 채운 열정은 그의 가슴을 뛰게 만들었으며, 그 안에서 피어나는 배우 간의 신뢰가 얼어붙은 마음을 따뜻하게 녹여주었다. 이도원은 그런 생각과 함께 절로 미소를 띠고 대답했다.

"너야말로 실력이 많이 늘었는데?"

"늘긴요."

볼터치라도 한 듯 차지은의 양쪽 볼이 붉게 물들었다. 수줍어하는 그녀의 모습을 보며 이도원은 피식 웃었다.

"아니야. 아주 많이 늘었어."

그는 시선을 옮겼다. 무대 설치를 완료하고 점검하는 인부들이 보였다.

그곳에는 낯익은 얼굴도 있었다.

'한태양.'

이도원의 눈에 냉랭한 기운이 감돌았다

차지은은 찰나에 스쳐간 표정을 놓치지 않았다.

'왜……?'

시선을 따라가니 그곳에 한태양이 있었다.

'저 사람을 알고 있어?'

그녀는 궁금증이 들었지만 섬뜩한 느낌에 말을 붙이지 못했다.

한편 이도원은 공연장으로부터 나가서 전화 한 통을 받았다. 전화를 건 사람은 김진우였다.

―제보까지, 모든 준비가 끝났다.

"수고했다."

이도원이 대답하자 짧게 침묵하던 김진우가 말했다.

―떨리는군. 약속은 지키겠지?

"목숨을 맡긴 건 피차 마찬가지 아닌가?"

이도원은 그저 되물었다. 어제의 적이 오늘 아군이 됐다고 해서 갑자기 태도를 바꿀 생각은 없었다.

차가운 말투에 머쓱해진 김진우가 대답했다.

―그건 그렇지. 혹시라도 위험할 수 있니 조심하라고. 네가 잘못되면 나도 끝장이니까.

"알겠다. 그럼."

그는 먼저 전화를 끊고 안으로 들어갔다.

단원들이 초조한 얼굴로 기다리고 있었다.

오늘의 사고를 예견하고 있는 이도원 만큼이나 긴장한 일색이었다. 높은 낭떠러지에서 외줄을 걸어놓고 기교를 펼치는 것과 흡사한 긴장감이 단원들을 휩쓸었기 때문이다.

"배우들 입장해 주십시오!"

마침내 진행 요원의 말이 떨어졌다.

배우들이 무대로 올라가 관객들에게 인사를 올렸다.

박수갈채를 받으며 퇴장할 때부터 심장이 미친 듯 뛰었다. 그건 수백 차례의 공연 경험이 있는 신용운도 마찬가지였다.

"후. 오늘 공연은 나도 긴장되는군."

그는 이번 공연에 연출자이자 배우로서 참여하게 됐다.

뮤지컬 '영웅' 때부터 많이 친해진 이도원은 전보다 편하게 신용운을 대했다.

"선생님과 함께 무대에 설 수 있어 영광입니다."

그 말은 진심이었다. 다만 오늘 벌어질 일을 알고 있었기에, 마음속에서는 죄스러운 마음이 들었다.

'공연을 멈추지 않을 수 있을까?'

누구에게도 말하지 않았지만 이도원은 그럴 수만 있다면 시도해 볼 결심이었다. 까딱하면 목숨이 왔다 갔다 할 수 있는 상황에 그런 기지가 발휘될지 그조차 알 수 없었다.

이도원이 자신만의 고민에 빠져 있는 그때, 무대에선 단원들을 부르는 손짓이 이뤄졌다. 그의 곁에 있던 신용운이 어깨를 두드리며 말했다.

"나가자."

타임 슬립 전, 김진우와 한태양으로 인해 사고로 위장됐던 죽음.

이제 바뀐 운명을 마주해야 할 시간이었다.

이도원은 무대로 나갔다.

객석이 눈에 들어오며 가슴이 벅차올랐다.

'위를 보면 안 돼.'

연기에 있어 시선은 중요하다.

관객의 눈길은 배우의 시선을 따라간다.

한태양이 손봤던 무대 위 철골이 언제 덮칠지 몰라도, 공연 도중에 시선이나 정신을 분산하면 안 된다는 의미였다.

정신을 집중한 이도원의 입이 열렸다.

"난 남들이 안정적이라고 불리는 직장에, 썩 괜찮은 수입을 가졌다. 그럼 뭘 해? 그 안정적인 직장을 언제 잃을지 한 치 앞을 알 수 없고, 썩 괜찮은 수입은 대출금으로 반 토막 난다. 언제까지 이렇게 살아야 할까? 어렸을 적 꾸던 꿈들은 왜 멀어져만 갈까?"

앞섶 단추를 두 개 풀어헤친 와이셔츠.

목에는 매듭이 풀린 넥타이가 감겨 있었다.

독백한 이도원은 취기로 비틀대며 무대 위를 배회했다. 그의 만취한 음성을 듣고 있노라면 정말로 술 냄새가 풍겨오는 듯해서 절로 눈살이 찌푸려졌다. 분명 어감은 술주정뱅이처럼 어눌한데 대사가 똑똑히 전해졌다.

그때 무대로 차지은이 나타났다. 그녀는 팔짱을 낀 채 못마땅한 표정으로 서 있었다.

"또 술이 떡이 돼서 들어오는 거예요?"

이도원이 걸음을 멈추고 이마에 주름을 잡았다. 그는 고개를 흔들며 간신히 정신을 가눈 뒤 말했다.

"아, 우리 마누라. 하하."

양팔을 벌리고 접근하자 차지은이 밀쳤다.

"저리 가. 술 냄새 나니까."

냉랭한 태도에 이도원의 표정이 와락 일그러졌다.

"나한테 왜 그래? 남편이 이 눈치, 저 눈치 보며 하루 종일 힘들게 일하고 왔는데, 꼭 이래야겠어?"

차지은은 미간을 찌푸리며 한숨을 쉬었다.

"정신 차리고 내일 얘기하지?"

"너 그거 알아?"

이도원이 싸늘하게 말을 이었다.

"굉장히 티껍다."

그를 빤히 바라보던 차지은은 고개를 절레절레 젓고 안으로 들어가 버렸다. 그녀가 무대 뒤로 사라지자 이도원은 자리에 남아 하늘을 올려다보며 말하듯이 노래를 했다.

"내 맘 아무도 알아주지 않네.

세상에 혼자된 것 같은 맘으로

덩그러니 혼자, 덩그러니 혼자.

반지를 나눠 끼운 아내가 낯설고

사랑의 결실은 밤새도록 징그럽게 울어댈 때.

덩그러니 혼자, 덩그러니 혼자.

막막한 밤하늘 바라보네."

무대 불이 꺼지고 이도원이 내려왔다.

아래에서 기다리던 동료들이 저마다 격려를 보냈다.

누군가는 엄지를 세웠고, 누군가는 눈짓을 했으며, 누군가는 어깨를 두드렸다.

한편 이도원은 무대 내려오자 연기할 땐 잊고 있었던 불안감이 고개를 들었다. 앞으로 일어날 사고에 대해 신경이 쓰이는 것이다.

'머리를 비우자.'

이도원은 재차 다짐하며 다시 무대로 올라갔다.

이번에는 신용운이 함께하는 장면이었다.

무대 배경이 집 앞에서 회사로 바뀌어 있었다.

"정 대리, 나랑 장난하나?"

신용운이 칸막이 위로 까칠한 얼굴을 드러냈다.

이도원이 추임새처럼 독백을 넣었다.

"또 시작이다."

마침 신용운이 말을 이어나갔다.

"자꾸 이따위 양식으로 보고할 거야? 또 강 팀장이 제시한 양식이라고 핑계 댈 건가? 결재를 해주는 게 누구야? 직급이 누가 더 위지?"

딱 맞춰서 이도원이 독백을 쳤다.

"유 과장은 매일 아침 내 잠을 깨우러 납신다."

그 후 대답했다.

"유 과장님이십니다."

"그래! 직속 상사가 누구든, 내가 선임이란 말이야. 앞으로
는 보고서 양식 똑바로 지켜서 보고하길 바라네."

그 순간 신용운보다 어리고, 이도원보단 나이가 있는 중견
배우 하나가 이쑤시개를 입에 물고 등장했다.

"어이쿠, 이게 누구십니까? 유 과장님 아니십니까?"

비꼬는 말투가 명백했다.

신용운은 표정을 움찔 떨었다.

"강 팀장, 마침 잘 왔네. 얘기 좀 하지."

두 사람이 자리를 떠나자 이도원은 한숨을 푹 쉬며 자리에
앉았다. 하얗게 탈색된 얼굴로 두 사람이 쑥덕거리는 쪽을 노
려보며 독백을 했다.

"회사에서도, 가정에서도 숨통이 조여 온다. 직장 생활에서
유일한 위로가 되는 월급은 고스란히 마녀의 주머니로 들어
가고, 담배만이 내게 안도감을 준다. 나는 왜 사는 걸까? 내게
는 여가 생활을 할 돈도, 시간도 주어지지 않는다."

그때였다.

끼이이익—.

철골이 흔들리는 소음이 났다. 그 소리는 제법 커서, 앞 좌석에 앉은 몇몇 관객의 집중력을 깨트릴 수준이었다. 그러나 극장 안이 깜깜했기에 육안으로 식별할 수는 없었다. 유일하게 볼 수 있는 곳은 조명이 존재하는 무대 안쪽이었는데, 때마침 조명이 꺼지고 말았다.

조명이 꺼지기 전, 그쪽을 바라봤던 신용운이 무대를 내려오며 속삭였다.

"아까 그 소리, 들었나?"

함께 있던 '강 팀장' 역할의 배우가 고개를 저었다.

반면 이도원은 고개를 끄덕이며 대답했다.

"예."

"무대 장치를 점검해 달라고 요청하면 좋겠는데……."

신용은 말끝을 흐렸다. 점검하면 좋겠지만 그만한 시간이 없었기 때문이다. 배경이 바뀌면 다시 무대로 올라가야 했다. 짧게 고민한 그가 이도원에게 당부했다.

"조심해라. 무대 장치가 헐거운 것 같더구나."

"알겠습니다."

이도원은 그 자리에 조금 더 남아 있었다. 그러고는 무대 배경이 바뀐 후 차지은과 함께 무대로 올라갔다.

이번에는 차지은이 먼저 독백을 했다.

"연애할 때 남편은 날 더러 손에 물 한 방울 묻히지 않게끔 하겠다고 호언장담했다. 그래 뭐, 나도 알고 있다. 원하는 여자를 얻기 위해 허풍을 치는 건 남자들만의 사랑 표현 방식이니까. 그래서 기대도 안 했다."

그녀는 어린 나이에도 마치 결혼 생활에 염증을 겪고 있는 8년차 주부인 양 연기를 했다. 한 술 더 떠서, 내숭 없는 말투로 차분하게 독백하던 그녀의 눈에 눈물이 고였다.

"그래도 정도가 있지, 내 남편이 아예 다른 사람처럼 돌변할 줄은 몰랐다. 내 남편은 사기꾼이고 그 모든 건 연기였다. 일을 핑계로 매일같이 술을 퍼마시고 늦게 들어오며 주말에는 컴퓨터로 영화를 보거나 잠만 잔다. 난 이런 결혼 생활을, 어떤 긴장감이나 설렘도 찾아볼 수 없는 결혼 생활을 꿈꾸지 않았다. 친정에 가서나 가끔 만나는 친구들 앞에서 행복해 보이는 척 하는 것도 이제 신물이 난다. 이럴 바에는⋯⋯."

차지은이 말끝을 흐리는 것과 동시에, 그녀가 서 있는 곳의 조명이 어두워지며 이번에는 이도원을 비췄다. 그러자 차지은에게서 등을 돌린 이도원이 대답하듯 독백했다.

"어디부터 어긋났는지 모르겠다. 내 장점만을 봐주던 아내는 이제 단점만을 찾아낸다. 언제부터인가 잔소리가 스트레스가 됐고, 내 유일한 탈출구는 컴퓨터나 TV 속이 되어버렸다. 난 이런 식의 결혼 생활을 하고 싶지 않았다. 다른 사람들의 시선을 신경 쓰지 않고 무조건 날 존중해주는 여자와 살고 싶었다. 이럴 바에는……."

동시에 조명이 나가며 두 배우가 동시에 읊조렸다.

"차라리 결혼하지 말았을걸."

그 순간 무대 위로 천둥소리가 들려오며 번쩍번쩍하는 흰색 조명이 터졌다. 두 배우가 결혼하기 전으로 '타임 슬립'을 하는 장면이었다.

철골이 붕괴되는 굉음이 들려온 것도 그때였다. 원래 예정돼 있던 음향효과가 아니었다.

'위험해.'

이도원은 소름이 쫙 돋았다.

아직 철골이 떨어지지 않은 상태였다. 하지만 무대 위가 어둡고, 정신없는 조명이 터지는 탓에 어느 쪽 철골이 주저앉을 것인지 알 수 없었다. 찰나의 순간 오만가지 생각이 스쳐 지나갔다.

"피해!"

크게 외친 이도원이 차지은을 잡고 뛰었다.

그 순간 철골이 무대 위를 덮쳤다.

콰르르르르―.

철골이 주저앉는 굉음과 효과음이 뒤섞였다.

무대의 조명이 완전히 나갔고, 공연 스태프들이 뛰어올라갔다. 무대 아래 있던 배우들도 초조한 얼굴로 상황을 지켜보고 있었다.

무대 연출은 마이크를 들고 관객들에게 알렸다.

"방금 공연에 사고가 있었습니다. 관객 여러분께서는 양해해 주시기 부탁드립니다. 자세한 사항은 차후 말씀드리도록 하겠습니다."

관객들이 크게 술렁였다. 그들은 대부분 걱정스러운 눈빛으로 무대 위를 바라보고 있었다.

한편 무대 위에 있던 이도원은 슬그머니 눈을 떴다.

'또 죽을 뻔했다.'

심장이 펄떡펄떡 뛰고 있었다.

아래 깔린 차지은은 얼굴이 하얗게 질려서 몸을 덜덜 떨었다.

"괜찮아."

이도원은 그녀를 일으켜주며 떨어진 철골을 보았다. 무대 자체가 주저앉거나 한 것은 아니었다. 다만 그의 머리 위에 있던 철골이 떨어졌다.

'까딱했으면 골로 갔겠군.'

미리 알고 있었기에 반응할 수 있었지, 몰랐다면 몸이 굳어서 떨어지는 철골을 맞았을 터였다.

스태프들이 달려와서 두 사람의 안전을 확인했다.

"괜찮습니까?"

또 한 명은 무대 아래 외쳤다.

"두 사람 다 안전합니다!"

그제야 정신을 차린 차지은이 물었다.

"오빠, 다친 데는요?"

"없어."

이도원은 자신의 몸을 확인하지도 않고 대답했다.

그런데 차지은이 불쑥 무릎으로 얼굴을 디밀었다.

"왜 없어요? 여기 피나잖아요!"

그녀의 말대로 바지에 빵꾸가 나 있고, 무릎에서 피가 철철 흐르고 있었다.

스태프가 달라붙어 걱정스럽게 말했다.

"찢어졌어요. 꿰맬 정도는 아닌 것 같은데… 그래도 병원 가 보죠."

또 한쪽에서 다른 스태프가 말했다.

"119에는 신고했습니다!"

정작 이도원이 기다리는 건 119가 아니었다. 그는 세트를 등지고 혼란을 틈타 자리를 뜨는 한 사람을 놓치지 않고, 뒷모습을 눈으로 쫓았다.

"잠시만요."

이도원은 비틀대며 일어섰다.

그러자 무릎이 얼얼하고 아려왔다.

그 무모한 행동에 차지은이 놀라 물었다.

"뭐 하는 거예요?"

"내가 범인을 봤어."

이도원은 짧게 답하며 이 사건을 일으킨 범인의 뒤를 밟았다. 비록 한쪽 다리를 절었기에 따라잡을 수는 없었지만, 형사들에게 수갑이 채워지는 모습은 볼 수 있었다.

"이거 놔!"

범인, 한태양은 격렬하게 저항했다. 이미 소년원과 감옥을 전전한 사람답게 수갑을 보자마자 경기를 일으켰다.

이도원이 그 실랑이를 지켜보고 있을 때, 김진우가 나타났다.

"너……?"

한태양이 당황해서 외쳤다.

그렇게 불쑥 등장한 김진우는 그에게 시선도 주지 않고 형사들에게 양손을 내밀며 말했다.

"범인을 제보한 것도, 범인에게 이 일을 사주한 것도 바로 저입니다."

형사들은 벙 찐 표정으로 김진우를 보았다.

"이게 무슨 상황이야?"

"일단 서로 연행하자고."

그들은 시선을 주고받으며 고개를 절레절레 저었다.

경찰차에 타기 전 김진우는 이도원에게 한쪽 눈을 찡긋해 보였다. 이제 남은 약속은 이도원에게 달려 있다는 의미의 제스처였다.

'결국 공연은 망쳤군.'

이도원은 입맛이 썼다. 결과적으로 그의 목적을 위해 단원들을 고생시킨 셈이었다. 더욱이 차지은은 몸을 상할 뻔했다. 하필 조명이 꺼진 순간을 노려 철골 자체를 떨어트릴 줄은 몰랐기 때문에, 더 크게 당황했다.

'약속을 안 지켰어.'

내심 생각한 이도원은 김진우의 얼굴을 떠올렸다. 정확한 사고 경위를 모르는 눈치인 걸로 볼 때, 계획을 바꾼 건 한태양의 속셈이었을 가능성이 높았다. 원래는 철골을 무너트리는 게 아니고, 소품을 이용해 과실치사를 위장하는 방법으로 일을 진행할 예정이었던 것이다.

물론, 그러든 말든 이도원은 살아남았다.

"달라지는 건 없다."

이도원은 나직하게 중얼거렸다.

이로써 이도원을 살인교사하려던 혐의까지 밝혀냈다. 이제 남은 것은, 이로빈과 김봉민 의원의 좌절을 지켜보는 일뿐이었다.

지난 사고로 인해 중영극단 공연은 중단됐다.

이를 예측하고도 막지 않았던 이도원은 단원들에게 고개를 들기 힘들었다. 그가 양심을 잃었다면, 사고의 발단이 된 이로빈은 그야말로 모든 것을 잃었다.

다시 구치소 면회실에서 이도원을 만난 김진우는 씁쓸하게 말했다.

"이로빈도 구치소에 수감된 동안 나름대로 준비를 많이 해놨더라고. 비서를 시켜서 비싼 변호사를 고용하고, 검찰 쪽과도 여러 번 접촉을 했나 봐."

이도원은 고개를 끄덕였다.

돌아가는 수순은 안 봐도 비디오였다. 증거가 불확실하면 아예 검찰 쪽에서 진즉 결재를 막는다. 반대로 혐의를 입증할 증거가 충분하다면 형량을 줄이는 쪽으로 일을 전개할 것이다.

"법의 테두리 안에서 합리적인 처벌을 받게 만들 수는 없겠지만, 이 바닥을 떠날 수밖에 없게 만드는 데에는 성공한 셈이군."

이도원의 말에 김진우는 어두운 표정으로 답했다.

"유착 관계가 드러나는 걸 막으려고 아버지가 돈과 인맥으로 힘을 쓴 거다. 이로빈이 지금까지 애를 먹고 있던 것도 담당 검사와 판사가 공정했기 때문이야. 그런데, 이번 사건으로 아버지가 개입하면서 판이 뒤집혔다. 법원 감사로 판사를 압박하고, 차장 검사를 통해 담당 검사를 교체했어. 더구나 한태양까지 설득했다."

기가 막힌 이도원은 눈살을 찌푸리며 물었다.

"어떻게?"

그에 김진우가 한숨을 푹 쉬며 입을 열었다.

"뒤를 봐주겠다고 손을 쓴 거지. 아마 형량을 줄이고 대가를 지불해주겠다고 약속했을 거다. 명백한 살인도 과실 치사로 바꾸고, 십오 년 형을 오 년으로 줄일 수 있는 인간들이야. 아버지를 뒷조사하면서 알게 된 사실이다. 그런데, 증거는 단하나도 찾지 못했어. 그 때문에 오랜 시간 섣불리 나서지 못했던 건데… 이번에도 마찬가지라니."

허무했다.

사실상 이로빈과 레드 엔터테인먼트는 끝난 것과 다름이 없었지만, 김봉민 의원은 잠시 물러났다가 돌아오면 되는 상황인 것이다.

복수를 실패한 김진우는 어떨지 몰라도 이도원은 더 이상 파고들 생각이 없었다.

"배우들을 노예처럼 부려서 이윤을 취하고 윤세라를 죽음까지 몰고 갔던 레드 엔터테인먼트가 완전히 무너졌고, 이로빈 역시 다시는 연예계로 돌아올 수 없게 됐다. 비록 김 의원이 힘을 써서 중벌은 면했지만 버려진 사냥개라는 사실은 변치 않는다."

"그래서? 정말, 내다 버릴 사냥개의 입을 막기 위해 먹이를 준다고 생각하는 건가?"

김진우는 분통을 터뜨리며 물었다.

그러나 이도원은 어느 때보다 차분하게 대답했다.

"우리는 연기로서 대중과 소통하는, 배우다. 이런 공방전을 반복해봐야 다치기만 할 뿐이야. 네 아버지도 이번 복수로 타격을 받았다. 그러니 복수는 이쯤 하고 네 미래를 위해 살아."

"날 버리고, 내 어머니를 죽게 만든 작자야."

눈시울이 붉어진 김진우가 씹어뱉듯 물었다.

"〈서커스〉의 원래 시놉시스를 알고 있나?"

뜻밖의 질문에 이도원이 당황했다.

여기서 갑자기 이번 영화 이야기가 왜 나온단 말인가.

"〈서커스〉의… 원래 시놉시스?"

"네가 미국에서 돌아오기 전쯤, 이로빈 대표가 사무실로 찾아온 아버지와 하는 얘기를 들었다. 유태일 감독이 현 정치권의 민낯을 밝히는 영화를 제작 중이라고 하더군. 그런데 그 영화가 타깃으로 삼고 있는 정치인이 바로 김봉민 의원, 내 아버지였어. 아버지가 저질렀던 비리가 다시 재조명될 수도 있겠다 싶었지."

이도원은 덜컥 심장이 내려앉았다. 타임 슬립 하기 전, 유태일 감독에게 받았던 〈서커스〉 시놉시스의 내용을 까맣게 잊고 있었던 것이다. 만약 그 시놉시스가 겨냥하고 있는 타깃이 김봉민 의원이었다면 김진우가 반드시 주연을 꿰차고 싶어 할 동기가 될 수 있다. 즉, 죽음에 대한 진실이 이 자리에서 밝혀지고 있었다.

"설마 그 시놉시스의 여주인공이……."

"너도 봤나 보군. 그래, 내 어머니다."

김진우는 쉼 없이 흐르는 눈물을 의식하지 못하고 말을 이었다.

"김봉민 의원이 무혐의 처분을 받았던 장애인 고아원 성 추문 사건의 피해자. 변호사 시절 봉사활동으로 간 시설에서 당시 고교생에 실어증을 앓고 있던 어머니를… 성폭행했다. 그리고 내가 태어나자 우리 두 사람을 내쫓았지. 자신의 실수를 반성하고 속죄하는 척 위선을 떨었지만 어머니는 받아들이지 않으셨어. 다만 날 위해 미국으로 떠나신 거다. 그 아무도 의지할 곳 없는 타지에서, 영어도 제대로 못하는 당신께서! 김봉민 의원이 매달 보내는 돈은 한 푼도 건드리지 않고 자력으로 날 키우시면서 얼마나 큰 모욕과 고초를 겪으셨는지 짐작하나?"

숨을 거칠게 몰아쉬던 김진우는 점차 흥분을 가라앉히며 덧붙였다.

"내게 그동안 쓰지 않고 모아둔 돈을 전부 내주시더군. 당신은 끝끝내 김봉민을 용서하지 못했지만, 한번 찾아가 보라고. 그래도 핏줄이니 외면하지 못할 거다. 앞으로 행복하게 살아라. 나는 결국 용기를 냈고 전화를 했지. 그런데 돌아온 게 뭔 줄 아나? 비서가 오더니 학교에 입학시키고 매달 생활비를 붙여준다며, 절대 한국에 들어올 생각을 하지 말라는 경고였다."

그 말을 쭉 들으며 이도원은 타임 슬립 전 봤던 〈서커스〉의 시놉시스 내용이 점차 떠올랐다. 실어증을 앓고 있는 여자, 그녀를 사랑하는 남주인공이 바로 이도원이 맡게 될 역할이었다. 그리고 그곳에는 이름만 다른 김봉민 의원이 나와서 똑같은 만행을 저지른다.

"그럼 남자 주인공도 실존 인물인가?"

"그건 몰라. 난 그에 관해서는 들은 바가 없다."

그렇게 답한 김진우가 찬찬히 이도원을 뜯어보며 물었다.

"네가 나라면, 김봉민 의원을 이대로 용서할 수 있겠나? 유태일 감독이 결국 외압에 못 이겨서 시놉시스를 바꿨더군. 개봉이 불가할 바에는 〈서커스〉의 내용을 전부 뜯어고쳐서 마음을 접었다고 방심을 유도한 후에, 나중에 영화가 흥행하고 힘이 생기면 다시 터뜨리자고 타일렀어. 그래서 이번 영화를 하게 됐다."

김진우는 갈수록 놀라운 사실들을 토해냈다.

그에 나직이 한숨을 내쉰 이도원이 중얼거렸다.

"유 감독님께서 네가 참여하는 걸 탐탁찮게 여기는 줄 알았는데……."

김진우가 고개를 저었다.

"오히려 그 반대였지. 모든 건 외압을 최대한 피하려는 눈속임에 불과했어. 또, 너와 가깝게 지내라고 하더군. 레드 엔터를 떠난 후 백 엔터로 갈 것을 제안한 것도 유 감독님의 생각이다."

내막을 모두 들은 이도원은 속은 기분이 들었다.

정확히 말하면 화가 났다.

"이거 뒤통수 세게 한 방 맞은 느낌인데."

한편, 의문 하나가 고개를 슬그머니 들었다.

유태일 감독에게 〈서커스〉란 각본이 단순히 예술가의 열망이라면 외압을 피하려고 연막을 치진 않았을 것이다. 되든 안되든 밀어붙여서 만들고, 상영관에 걸어냈을 터. 그러지 않았다는 건 김봉민 의원의 악행을 반드시 알려야겠다는 사명감이 있다는 의미기도 했다.

"유 감독님은 왜 그 시놉시스를 쓰셨으며, 그렇게나 집착하시는 거지?"

"그것까진 나도 모른다."

"정말 찝찝해."

얼굴을 찌푸린 이도원이 말을 이었다.

"네 입장은 잘 알겠어. 하지만 내 생각은 아직도 변함이 없
다. 우리가 할 수 있는 건 연기뿐이야. 넌 애초에 배우가 된
목적이 잘못됐다. 구치소에 갇혀서 내게 동정을 호소하는 대
신 네가 해야 할 일을 바로 아는 것부터 시작하자. 그걸 모른
다면 난 널 받아줄 수도, 도와줄 수도 없어. 그럼 난 돌아가서
네 감정을 이해해보도록 하지."

그 말을 끝으로 이도원은 자리에서 일어났다.

김진우는 그를 잡지 않고 넋이 나간 사람처럼 앉아 있었다.
아마 수십 년 간 마음속에 묻어뒀던 아픔과 비밀을 개와 고
양이처럼 못 잡아먹어 안달이던 상대에게 처음 풀어놓을 줄
은 상상도 못 했을 것이다.

그건 이도원도 마찬가지였다.

'최악의 날이야.'

정말이지, 타임 슬립 후 가장 기분이 더러운 하루였다.

김봉민과 이로빈을 통해 이 사회에 끔찍한 단면을 마주했
다. 또한 자신을 죽음으로 몰고 간 김진우의 진심을 보고 용
서를 강요받는 느낌을 받아야만 했다. 그리고 가장 고맙게 여

겨왔던 유태일 감독에게도 배신감을 느꼈다.

"환상적이군."

이도원은 쓴웃음과 함께 중얼거렸다.

＊　　　　＊　　　　＊

그날 이후에도 이도원은 굳이 유태일 감독에게 찾아가지 않았다. 진실을 알았다고 해서 질문이 생긴 건 아니었기 때문이다. 유태이 감독이 고마운 사람이란 건 변함없었고, 그저 내막을 듣지 못한 것뿐이니 오해하거나 추궁할 건덕지도 없었다.

'그래도 먼저 연락 정도는 해줘야 하는 것 아닌가?'

이도원은 스트레칭을 하며 생각했다.

분명 김진우는 모든 진실을 털어놨노라고 유태일 감독에게 언질했을 것이다. 아닐 수도 있지만, 대화 중에 유태일 감독 이름이 나온 만큼 그랬을 가능성이 높았다. 그런데도 유태일 감독에게서는 아무 연락도 없었다.

그저 환청처럼 목소리가 들려왔다.

"여기 있다고 하더군."

스튜디오의 문이 열리며 유태일 감독이 들어섰다.

'호랑이도 제 말하면 온다더니.'

이도원은 동작을 풀며 일어났다.

"오셨어요?"

"단단히 벼르고 있었나 보구나."

"미리 언질이라도 해주시지 그러셨어요?"

"김진우를 섭외해 레드 엔터테인먼트를 견제한 걸? 아니면 김진우 더러 친하게 지내라고 한 걸?"

"뭐, 둘 중 하나라도 말입니다."

이도원이 땀을 닦으며 대답했다.

그에 유태일 감독은 미소를 띠며 짐볼(Gym ball : 무릎 위까지 올라오는 큰 공 모양의 도구) 위에 눌러앉아 말했다.

"미안하다. 네가 미국으로 떠나버리기 전에 사과하러 온 거고. 겸사겸사 제임스 윌리스 감독의 영화에 참여하게 됐다는 축하도 할 겸."

"감사합니다."

"용서해 주는 건가?"

"용서랄 게 뭐 있습니까? 대신 질문 하나만 하죠."

이도원이 말하자 유태일 감독이 되물었다.

"꼭 대답해야 한다는 조건으로?"

"강요는 아닙니다."

짧게 대답한 이도원은 질문했다.

"유 감독님의 시놉시스에 실어증이 딱 둘 나오죠. 그걸 계기로 친해지고요. 남자 주인공과 여자 주인공. 그중 남자 주인공도 실존 인물입니까?"

"정확히 알아맞혔다. 실존 인물이지. 그것도 아주 가까이 있는."

"누구죠?"

궁금증이 증폭된 이도원이 물었지만 유태일 감독은 능구렁이처럼 말을 돌렸다.

"내가 먼저 대답했으니 이제부터 질문은 하나씩 해야 공평하지."

"알겠습니다."

이도원은 무엇이든 물어보라는 태도였다.

이윽고, 시익 웃은 유태일 감독이 물음을 던졌다.

"최초 내 작품의 시놉시스를 직접 읽은 건 딱 둘이었다. 한 사람은 나고, 또 한 사람은 김봉민 의원이야. 김봉민 의원은 내가 소포로 보낸 시놉시스 한 장을 들고 이 사건을 어떻게 막으면 좋을지 묻기 위해 이로빈을 찾아갔다. 꽤나 급했나 보더군. 그리고 그 과정에서 대화를 엿들은 김진우가 또 알게 됐지. 이 네 명을 제외하고는 아무도 내 시놉시스를 본 적이 없는데, 어떻게 그 내용을 도원이 네가 알고 있는 건지 궁금하구나."

이도원은 당황하지 않고 대답했다.

"짐작대로, 김진우에게 들었습니다."

유태일 감독이 의외라는 듯 눈을 짧게 빛냈다.

"그럼 김봉민 의원과 김진우에 대한 모든 것을 알게 된 건 가?"

"아마도요."

이도원이 짧게 말했다.

그에 유태일 감독은 고개를 끄덕였다.

"그렇군. 이제 네 질문에 대한 대답을 해주마. 원래의 〈서커스〉 각본에 나오는 남자 주인공은 바로 내 아버지다."

이도원은 그의 말을 쉽게 믿을 수 없었다.

"감독님은 대대로 의사 집안이라고 하셨잖아요."

고개를 끄덕인 유태일 감독이 담담하게 의문을 풀어주었다.

"그래. 아버지는 실어증이셨지만 고아원생은 아니었다. 봉사활동을 가서 작품 속 '여주인공'을 만나게 된 거야. 두 사람은 서로를 치유했지만 오래 가지 못했지. 여자가 떠났고, 아버지는 할아버지의 엄격한 통제 아래 그녀를 잊었어. 꽤 오랫동안, 김봉민 의원이 성 추문에 시달리기 전까지."

나직이 한숨을 쉰 그는 조심스레 덧붙였다.

"네가 미국에서 촬영하는 동안, 난 진우랑 〈서커스〉의 제목을 바꾸고 촬영에 들어갈 생각이다. 김봉민 의원이 주춤한 이

때가 적기지. 다신 세상에 나올 수 없도록 만들 생각이다. 그게 영화인으로서 내 신념을 지키는 길이기도 하니까. 그런데 국내에는 투자를 받을 곳이 없는 실정이야."

"제게 투자를 받으러 오신 거군요."

이도원의 말을 들은 유태일 감독이 품속에서 파일 하나를 꺼냈다. 투자 제안서까지 단단히 준비해 온 것이다. 그는 제안서를 내밀며 부탁했다.

"검토해주길 바란다."

이도원은 파일을 챙겼다.

그는 지금까지 입은 은혜를 조금이나마 갚을 기회를 놓치고 싶지 않았다.

"조건 하나만 수락해 주시면 백 엔터 대표 직권으로 이 자리에서 사인하죠."

"무슨 조건?"

씨익 웃은 이도원이 데스크에서 모바일 게임을 하던 이진빈에게 펜을 넘겨받으며 대답했다.

"카메오로 출연시켜 주십시오. 제가 미국에서 돌아온 후 개봉해 달라는 뜻입니다."

# 3장
## 세계로

2025년 10월, 뉴욕.

이도원은 제임스 윌리스 감독이 각본과 연출을 맡은 메디컬 드라마 〈하트펑션〉에 참여했다. 따라서 촬영 기간 동안 호텔에서 장기 투숙을 하기로 결정됐다.

이도원과 함께 머물게 된 매니저 이진빈이 한국에서 가져온 화투를 꺼내 보이며 씩 웃었다.

"동전 놓고 맞고 한판 치시겠습니까?"

그는 질문하면서도 이미 이불을 평평하게 만지고 있었다.

"맞고 말고, 섰다로 가자. 깔끔하게."

"알겠습니다."

이도원은 이진빈 앞에 마주 앉았다.

두 사람은 샤워를 끝낸 잠옷 차림이었다.

패를 섞으며, 이진빈이 물었다.

"부담이 크지 않으세요? 이미 다른 배우들이 터를 다 닦아 놓은 인기 드라마 후반부에 들어가시는 거잖아요. 게다가 배역 자체가 주인공의 라이벌이기도 하고요. 기존의 배우들을 압도할 정도 연기력을 보여주지 못한다면 욕먹지 않을까요?"

이도원은 대답 대신 패를 들며 말했다.

"화투치자며? 여기에 집중하라고. 승부는 한순간이야."

"예, 형. 전 죽습니다."

이진빈이 패를 까며 말했다.

"둘이서 섰다를 무슨 재미로 해요?"

일 땡이었다.

그에 이도원도 패를 깠다.

세 끗이 나왔다.

"기 싸움하는 재미."

대답한 이도원은 판을 이어가지 않고 덧붙여 말했다.

"섰다는 눈을 보며 상대의 수를 읽지. 표정과 작은 동작 하나도 놓쳐선 안 돼. 아주 예민하게 반응하면서도 여유를 가져야 한다. 극도의 긴장감은 실수를 낳는 법이야. 이런 점은 연기와 닮았지?"

패를 섞는 그를 보며 이진빈은 어깨를 으쓱였다.

"글쎄요. 전 연기를 안 해봤으니까요."

"내가 보기에는 굉장히 비슷해. 나한테 물었지? 이번 드라마가 부담되지 않느냐고. 미국에서든 한국에서든, 소극장이든 대극장이든 매번 난 같은 마음으로 연기를 한다. 내 배역에 최선을 다해 집중하고 나머지는 운에 맡기는 거지."

이도원은 씨익 웃으며 말을 이었다.

"이대로 준식이에게 전해줘라."

뜻밖의 한마디에 이진빈이 화들짝 놀라며 물었다.

"어떻게 아셨어요?"

"인터넷이 떠들썩하다. 기라성 같은 배우들 사이에서 원 톱으로 첫 주연을 맡게 됐는데 속이 편할 리가 없지. 더군다나 네가 평소 안 묻던 질문을 하는데 설마 모를까 봐?"

말을 마친 이도원이 피식 웃었다.

그에 한숨을 푹 내쉰 이진빈이 대답했다.

"미국에서도 한국 사정을 훤히 꿰는 경지에 이르셨네요. 준식이 형이 비밀로 해달라고 했는데, 전 매니저로서 도움을 주고 싶었어요. 고민을 듣고 가만히 있을 수가 없었죠. 형… 아니, 대표님이라면 속 시원한 대답을 해주실 수 있을 것 같았습니다."

이도원은 화투 패를 건네며 말했다.

"새로운 도전은 늘 두렵지만 그렇기에 설레는 법이지. 앞으로 어떤 일이 벌어질지 아무도 모른다. 불청객인데다 동양인이 각광받는 캐릭터에 내정됐다는 사실이 반감을 일으키겠지. 그들이 보았을 때 난 그저 굴러들어온 돌이니까. 그럼에도 제임스 윌리스 감독은 날 구태여 드라마에 집어넣었다. 왜 그랬을까?"

곰곰이 생각하던 이진빈이 대답했다.

"음……. 형이 보여준 연기력에 감탄한 것 아닐까요? 아니면 드라마에서 얼굴을 비쳐서 인지도를 키워줄 생각으로? 영화가 흥행하려면 형이 티켓 파워를 가져야 할 테니까요."

이도원은 순순히 설명해주었다.

"반은 맞췄다. 네 말대로 그런 이유도 있겠지만, 제임스 윌리스 감독이 가장 시험해보고 싶은 건 내 적응력일 거야."

"적응력이요?"

이도원이 고개를 끄덕였다.

"내가 현장에 완벽히 적응할 수 있어야만 기대에 부응하는 영화를 뽑을 수 있을 테니까."

"하지만 이미 계약은 끝났잖아요. 굳이 테스트를 할 필요가 있을까요?"

이진빈은 순진한 얼굴만큼이나 순도 높은 질문을 했다.

한편 그를 빤히 응시하던 이도원이 피식 웃으며 대답했다.

"내가 기대에 못 미친다면 대안을 마련해야 하니까. 만에 하나의 상황까지 고려한 판단을 내린 거다. 아무리 제임스 윌리스 감독이라도 동양인을 주연으로 삼았다는 건, 큰 부담을 떠안고 촬영에 들어간다는 뜻이야."

그 말을 듣고 절로 고개를 주억거리던 이진빈이 화투 패를 내려놓고 노트북을 들고 왔다. 그는 제임스 윌리스 감독의 인터뷰가 실린 기사를 보여주며 말했다.

"여기도 나와 있습니다. 군이 주연배우로 동양인을 기용한 이유는 '현재의 연기력과 미래의 잠재력을 높이 샀기 때문'이라고요. 더불어 '아시아에도 재능 있는 배우들이 바닷가의 모래알처럼 많다. 동서양의 경계를 허물고 시장을 넓히면 더욱 양질의 영화들이 쏟아져 나올 테고, 영화계는 어느 때보다 호황을 맞이할 것이다.'라네요.

이도원도 눈이 있으니 이진빈이 줄줄 외는 기사를 따라 읽었다. 그리고 보면 이대로 노닥거리고 있을 때가 아니었다.

"사명감을 갖고 도전을 했는데, 내가 망칠 순 없지."

나직이 중얼거린 이도원은 눈을 반짝이며 말했다.

"진빈아. 미안하지만 오늘 화투는 여기까지 해야겠다."

이어서 그는 다시 대본을 꺼내들고 연습에 매진했다.

이진빈은 이도원의 진지한 표정에 매료돼 불평하지 않고 숨

죽였다. 이도언이 큰 목소리로 대사를 뱉을 때마다 방음 장치가 버텨줄지 의심이 됐다. 그 모습을 보며 이진빈은 조마조마한 심정과 함께 한 가지 생각이 더 들었다.

'역시 어디 가든 꿀릴 실력도, 사람도 아니야.'

*　　　*　　　*

일정보다 삼십 분 일찍 현장에 도착한 이도원은 감격스러운 기분을 맛보았다. 그는 〈아스라이〉를 촬영할 당시에 비해 개런티가 올랐고, 딱 그만큼 현장에서 대기할 때 머무는 트레일러도 넓어진 것이다.

'대우가 달라졌군.'

이곳은 드라마 현장이었다. 드라마 현장에서조차 환경이 바뀌었다는 것은 〈아스라이〉와 같은 영화 현장에선 더 좋은 대접을 받을 수 있다는 뜻이기도 했다.

이진빈 역시 얼굴이 빨개져서 좋아했다.

"주연배우만은 못하지만 그래도, 현장의 다른 동양인들에 비해 트레일러 크기부터 다르네요."

이도원은 담담하게 고개를 끄덕였다. 그가 메이크업을 받는 동안 이진빈은 종달새처럼 떠들었다.

"한국에선 욕설이 난무하는 열악한 환경이 안락하게 여겨

질 만큼 편해졌는데, 미국에서는 영— 촬영할 때마다 떨리고 긴장됩니다. 사실 지금 밖에 나가기도 무서워요. 이번 드라마 출연진은 〈아스라이〉의 배우들보다도 훨씬 거물들이잖아요."

트레일러 밖의 배우들을 본 이진빈이 덧붙였다.

"물론 아무리 날고 기는 배우와 작업해도 형님이 기에서 밀리실 거라고는 생각하지 않습니다."

"나도 이번에는 단단히 벼르고 왔다."

이도원은 웬일로 겸손하지 않고 호기롭게 굴었다. 그는 지난번 〈아스라이〉 촬영 때 아쉬움이 많이 남은 상태였다. 해서 한국에 있는 동안에도 그간 연기했던 대본을 싹 모아서 번역하고, 영어 발음이나 억양에 신경을 쓰며 연습했다. 동시에 여러 나라의 전문서적이나 소설, 에세이 등을 독파하면서 다양한 사상이나 상식들을 이해하려 노력해왔던 것이다.

이점을 잘 알고 있는 이진빈은 그 의견에 동조했다.

"한국인의 저력을 보여주십시오!"

그때 스태프 하나가 이도원의 트레일러를 노크했다.

"준비 다 되셨으면 촬영 들어가겠습니다."

이도원은 현장으로 투입됐다.

당일 연기할 장면은 주인공의 라이벌인 이도원이 등장하는 씬이었다. 인간관계에서 첫인상이 중요하듯, 캐릭터의 생사 여부는 최초 몇 초에 달려 있다고 해도 과언이 아니었다.

이내 제임스 윌리스 감독이 다가오더니 손뼉을 치며 이목을 모았다.

"미리부터 들어서 알고 있겠지만 이쪽은 '로건 리' 역할을 맡은 도원입니다. 도원의 국적은 한국이죠. 우리는 훌륭한 배우인 그를 환영해 줘야 할 겁니다. 단, 시간 관계상 인사는 나중에 하고, 바로 촬영에 들어가겠습니다."

이도원을 배려하지 않은 그는 배우들 하나하나에게 주의할 점을 전달했다. 첫 순서는 이 드라마의 여주인공을 맡고 있는 올리비아 왓슨이었다.

"리비. 처음 호흡을 맞추는 도원과 메이슨의 징검다리 역할을 해줘. 대척 관계인 두 남자를 융화시키는 역할을 하길 바라네."

"알겠어요, 제임스."

그녀가 흔쾌히 대답하자 제임스 윌리스 감독은 남자 주인공, 메이슨 카메론에게 시선을 옮겼다.

"메이슨은 지금 그대로 감정을 표출하면 되겠군. 당황스럽고, 불쾌한 표정 말이야."

주위에서 웃음이 터져 나왔다.

그에 메이슨 카메론이 고개를 저으며 답했다.

"학창시절 때 엉덩이를 걷어 차주고 싶었던 동양인 녀석이 하나 있긴 했지만, 저 한국인 친구에게는 아무 감정 없습니다."

장난 반 진심 반으로 살짝 비꼰 말투였다. 초면치고 무례한 언사였지만 응수를 하기에는 강도가 약했다.

그때 제임스 윌리스 감독이 이도원에게 고개를 돌리며 말했다.

"알아서 잘해주리라 믿네."

그는 말 한마디로 배우들에게 다양한 반응을 이끌어냈다. 그중에는 호기심 어린 시선도, 시기어린 시선도 있었다. 감독은 정작 이 장면에서 가장 중요한 부분을 차지하는 이도원에게만 아무 주문도 하지 않은 것이다. 마치 다른 배우들 보다 이도원의 연기가 믿음이 간다는 듯한 제스처였다.

의도적으로 이도원이 받는 부담을 최고점까지 끌어올린 제임스 윌리스 감독이 웃으며 지시했다.

"그럼 촬영 들어가지."

스태프들이 분주하게 움직이며 자리를 잡았다.

보조 출연자들이 병원 복도를 오갔다.

복도 끝 수술실 앞에서는 막 수술을 마치고 나온 복장의 메이슨 카메론과 닥터 가운을 입은 올리비아 왓슨이 대화를 나누고 있었다. 카메라 한 대는 풀 샷으로 복도 전체를 잡고 있었고, 나머지 한 대는 두 주인공을 쪼았다.

이윽고 턱을 괸 채 시선을 던지고 있던 제임스 윌리스 감독이 모니터 너머로 신호를 보냈다.

"레디, 액션!"

카리스마 있는 목소리가 짧게 울려 퍼졌다.

그에 금발을 포니테일로 묶은 올리비아 왓슨이 화장기 없는 얼굴로 대사를 쳤다.

"에이든이 말한 선생님인가 보네요."

그녀가 바라보는 쪽을 따라서 응시한 메이슨 카메론이 고개를 끄덕이며 대답했다.

"젊은 나이에도 동부에서 알아주는 실력자라더군."

조금 불편한 표정이었다.

올리비아 왓슨이 장난스럽게 물었다.

"긴장되나 봐요?"

"긴장은 무슨……."

메이슨 카메론이 말끝을 흐렸다.

카메라가 이도원의 모습을 틸트업(TU : 아래서 위로 올라가는 카메라 워킹)으로 잡았다.

순간 이도원이 걸음을 뗐다. 카메라는 성큼성큼 다가오는 그를 줌아웃으로 당긴 후 롱 샷(LS : 먼 거리에서 촬영한 샷)으로 전환했다.

그러자 또 한 대의 카메라가 워킹하며 따라붙어 클로즈업으로 표정을 담았다.

제임스 윌리스 감독은 세 대의 모니터를 통해 카메라가 비추는 장면을 확인하고 있었다. 그는 흐뭇하게 웃으며 생각했다.

'사람 잘 봤어.'

이도원은 평소 쓰지 않는 안경을 착용하고 있었다. 그는 지적이고 날카로운 인상을 더하기 위해 세심한 부분까지 직접 고안해냈다. 더불어 표정도 촬영 시작 전과는 확연히 달라져 있었다. 같은 사람인지 볼라볼 정도로 차가운 표정을 짓고 있는 것이다.

제임스 월리스 감독의 평가를 뒤로하고 남녀 주인공에게 바짝 다가선 이도원이 걸음을 멈췄다. 두 발을 모으고 허리를 곧게 편 모습은 흐트러짐 없어 보였다. 그는 서두르지 않고 천천히 두 배우를 훑었다.

그 눈길을 받은 메이슨 카메론의 동공이 잠시 흔들렸다. 살점을 도려낼 것처럼 날카로운 눈빛 문이다.

'냉기가 줄줄 흐른다.'

그는 일순 이도원의 카리스마에 압도됐지만, 단숨에 주변을 장악한 연기는 이제 시작이었다.

사이를 두고, 이도원이 손을 내밀며 악수를 청했다.

"반갑습니다, 로건 리 입니다."

묵직한 목소리가 긴장감을 팽창시켰다.

메이슨 카메론은 정신이 번쩍 들었다. 이어서 빨려 들어가

듯 이도원의 손을 맞잡은 그가 대답했다.

"소문은 귀가 따갑게 들었습니다. 우리 병원에 오신 걸 환영합니다."

두 남자를 지켜보던 올리비아 왓슨은 눈을 반짝이고 있었다.

'벌써 주도권을 잡았어?'

배우는 연기로 말한다는 소리가 있다. 하지만 단 한 번의 연기를 선보이는 것만으로 자리의 스태프들과 배우들을 모조리 휘어잡는 사람을 만난 건 처음이었다.

'연기의 대가들은 등장만으로 압도적인 카리스마를 뿜는다던데, 그 말이 진짜였어?'

얼마 전 영화 촬영 때 90년대 최고의 배우를 만났던 동료에게서 들은 말이었다. 그러나 이렇게 젊은 배우에게서 그 같은 충격을 받으리라고는 상상도 못 해봤다. 그것도 동양인 배우라니.

더 기가 막힌 건 호흡을 맞추는 메이슨 카메론의 반응이었다.

"난 칼 케이지입니다. 이쪽은 동료인 소피아 디아즈고요."

시종일관 노련하고 여유로운 연기를 보이는 것이 장점인 그가 초조해 보였다. 당황해 혼란스러운 심정이 대사 템포에서 드러났다. 정작 본인은 의식하지 못했지만 대사 흐름이 빨라져 감정이나 의도가 전혀 실리지 않은 것이다. 굉장히 초보적인 실수였지만, 조금만 방심하면 누구나 하는 실수기도 했다.

명백한 엔지였지만 제임스 윌리스 감독은 끊지 않았다. 그는 엔지든 오케이든 배우의 연기를 먼저 자르지 않기로 유명했다. 따라서 이도원은 이번 컷을 끝까지 연기했다.

"반갑습니다, 소피아 디아즈."

"컷!"

제임스 윌리스 감독이 외쳤다.

엔지가 확실했으므로 스태프들은 촬영 구도를 바꾸지 않았다.

"이 친구가 너무 잘해서 살 떨립니다."

메이슨 카메론이 엄살을 떨었다.

주변에서 웃음이 터졌다.

머쓱하게 미소 띤 이도원은 내심 생각했다.

'서로 연기 스타일에 적응하게 되면, 제법 잘 맞겠어.'

잠깐이지만 그런 느낌이 들었다. 호흡을 맞추는 배우들 사이에는 무어라 형언할 수 없는 짜릿한 텔레파시가 오가기 때문이다.

같은 축을 받은 메이슨 카메론이 작게 속삭였다.

"실수해서 미안합니다. 실력에 너무 놀라서요."

그때 제임스 윌리스 감독이 다가왔다.

"둘이 꽤 친해졌나 보군. 기쁜 소식이야. 메이슨, 너무 말리지 말라고 충고하러 왔네."

"열두 살짜리 사춘기 소년이 된 느낌이네요, 제임스. 과한 충고에 자존심 상하고 반항심도 생깁니다."

두 사람은 웃으며 장난을 주고받았다. 그들의 표정을 못 봤다면 서로 비꼬는 줄 알았을 정도로 아슬아슬한 농담이었다.

'분위기가 많이 다르다.'

이도원은 절실히 느꼈다. 한국에서는 여러 작품을 함께한 감독과 배우 사이에서나 볼 수 있을 법한 신뢰관계가 이곳에선 대부분 통용되고 있었다. 그 예로, 감독이 보조 출연자들과 친근하게 인사를 하고 농담을 주고받는 모습을 심심찮게 볼 수가 있는 것이다. 이런 차이점을 한마디로 함축하면…….

"똥 군기가 없어."

올리비아 왓슨이 고개를 갸웃하며 따라했다.

"동군기가 없어?"

이도원이 피식 웃으며 영어로 대답했다.

"현장 분위기가 허물없어서 놀랐습니다."

"텃새라도 부릴 줄 알았나요?"

물어본 올리비아 왓슨이 어깨를 으쓱였다.

"당신이 엔지를 밥 먹듯이 냈다면 분명 텃새를 당했을 거예요."

이도원의 연기력을 보고 돌려 하는 칭찬이었다. 뿐만 아니라 다른 스태프들도 그에게 호감 어린 시선을 보내고 있었다.

제임스 윌리스 감독은 메이슨 카메론의 긴장을 풀어주고 돌아갔다. 그는 모니터를 주시하며 지시했다.

"한 번 더 가겠습니다. 레디, 액션!"

*        *        *

제임스 윌리스 감독은 까치집을 여러 개 지어놓은 짧은 머리가 하얗게 새었을 정도로 나이가 많았다. 그러나 그가 발휘하는 에너지는 결코 노인의 것이 아니었다. 의욕 넘치는 젊은 이들이 울고 갈 만큼 파워풀했다.

"레디, 액션!"

밀도 높고 묵직한 신호가 치고 들어왔다.

그에 따라 올리비아 왓슨이 대사를 했다.

"여기가 당신이 지낼 곳이에요. 룸메이트는 자긍심 높은 텍사스 사람이죠. 그는 동부 사람을 무시해요."

이도원을 힐끗 쳐다본 그녀가 이어 붙였다.

"뭐… 당신은 신경도 안 쓸 것 같지만."

이미 이도원은 이층 침대에 짐을 풀고 있었던 것이다.

이어서 그가 무표정한 얼굴로 말했다.

"괜찮다면 조금 쉬고 싶군요."

"아."

입을 딱 벌린 올리비아 왓슨이 민망한 듯 대답했다.

"알겠어요, 그럼 전 이만 나가드리죠."

그녀가 나가서 방문을 닫았다.

카메라가 홀로 남은 이도원을 비췄다. 그러자 이도원은 침대에 짐을 풀고 책상 정리를 시작했다.

카메라가 액자를 올리는 모습과 액자 속 가족사진, 알람시계, 책장 한가득 책을 꽂는 모습을 담았다.

"컷, 오케이."

해당 씬이 끝나자 제임스 윌리스 감독이 신호를 보냈다.

그의 곁에서 현장을 함께 바라보던 앤 로버츠가 물었다.

"제 말이 맞죠? 그는 엔지를 거의 내지 않아요."

그녀는 거 보란 듯이 코끝을 세웠다.

낄낄 웃은 제임스 윌리스 감독이 고개를 끄덕였다.

"자네가 좋은 배우를 소개시켜줬군 그래. 지금도 완성된 배우 같지만 그의 잠재력은 끝이 없네. 이번 드라마를 마치고 영화 촬영에 돌입하면 또 다른 모습을 보여줄 거야. 내 장담하지."

쏟아지는 극찬을 들은 앤 로버츠가 놀란 표정으로 물었다.

"한 번 보면 그게 보이세요?"

"경험과 연륜이 아무 쓸모없다면, 너무 억울하지 않겠나? 자네도 내 나이까지 배우들과 부대낀다면 모두 알 수 있는 것들이야. 별로 추천하고 싶진 않지만 말일세."

그때 이도원과 메이슨 카메론, 올리비아 왓슨이 나란히 걸어왔다. 어느새 세 사람은 친해져 있었다. 배우라는 동질감이 단숨에 그들을 하나로 묶어놓은 것이다.

"삼총사 결성이군."

흐뭇하게 웃은 제임스 윌리스 감독이 말을 이었다.

"걱정을 많이 했네. 자네들 덕분에 밤잠을 설쳤지. 도무지 어울리지 않는 조합이었거든. 그런데 이렇게 붙여놓으니 찰떡궁합이란 말이야!"

"하하."

세 사람은 어색하게 웃었다.

이후 배우들은 진지한 표정으로 모니터링을 했다.

서로 시선을 주고받았는데 썩 만족스러운 눈치였다.

이도원은 촬영을 할수록 즐거운 기분이 들었다.

'이대로 쭉 가면 좋겠군.'

과연 그럴 수 있을까 싶었다. 돌이켜보면, 촬영 땐 늘 다사다난한 일들이 벌어졌기 때문이다. 그리고 때마침 메이슨 카메론이 불쑥 말을 꺼냈다.

"도원. 다음 씬이 코앞이니 하는 말인데, 윌리엄 잭슨을 조심하게."

월리엄 잭슨은 앞으로 촬영할 씬에 등장하는 배우였다. 드라마에서 감초와도 같은 명품 조연으로, 선악의 중간쯤 걸친 역할을 연기했다. 잘하는 배우라는 것만 짐작할 뿐 그 인간성까지 알 수는 없었다.

궁금한 표정의 이도원을 본 메이슨 카메론이 나직이 한숨을 쉬며 설명했다.

"단언컨대 월리엄 잭슨은 텍사스 최강의 쓰레기였을 거야."

호랑이도 제 말하면 온다고, 고급 외제차를 타고 다니는 월리엄 잭슨이 키홀더를 빙글빙글 돌리며 등장했다. 그는 백구십 센티에 달하는 키와 백이십 킬로가 넘는 몸무게를 가진 거구였다. 그를 가장 먼저 발견한 올리비아 왓슨의 얼굴이 굳어졌다.

"왔네요. 조심해요, 도원. 그는 웬만한 주연배우는 씹어 먹는 개런티를 받고 있죠. 그만큼 자부심도 높답니다. 문제는 그가 남을 무시하는 교만한 성격을 가졌다는 거예요."

한마디씩 하며 건투를 빌어준 메이슨 카메론과 올리비아 왓슨은 상어를 피해 달아나는 정어리 떼처럼 자리를 피했다.

'도대체 뭐야?'

이도원을 발견한 월리엄 잭슨이 이죽거리며 웃더니 거구를 이끌고 다가왔다.

"당신이 그 한국인이로군."

이도원은 그의 얼굴을 올려다보았다.

'크네.'

반면 이도원을 빤히 내려다보던 윌리엄 잭슨이 말을 이었다.

"내가 텍사스에 있을 때 한국인을 본 적이 있지. 그들은 남한테 피해를 주는 인종이었어. 당신이 날 방해하지 않길 바란다."

"하하."

초장부터 무례한 언사를 들은 이도원은 웃음이 나왔다.

뜻밖의 반응에 윌리엄 잭슨이 눈꺼풀을 움찔 떨었다.

"뭐가 우습지? 내 충고가 우습나?"

"아닙니다. 그냥……."

말끝을 흐린 이도원은 적당한 표현을 찾았다.

"어이가 없어서요."

"뭐라고?"

윌리엄 잭슨은 자신의 덩치를 보고도 눈 하나 깜짝하지 않는 이도원에게 위화감을 느꼈다. 그리고 그런 감정은 불쾌한 기분으로 이어졌다.

"건방지군."

"누가 할 말인지 모르겠군요."

나직이 말한 이도원은 보고도 믿기 힘든 윌리엄 잭슨의 안하무인 태도를 맹렬하게 비난했다.

　"내가 한국인이라서 당신에게 폐를 끼칠 거라고요? 난 '텍사스연쇄살인사건'이란 영화를 본 적이 있습니다. 텍사스 출신의 끔찍한 연쇄살인범을 다룬 영화죠. 그럼 당신도 그런 인종입니까?"

　두 사람이 다투는 모습을 본 제임스 윌리스는 고개를 저었다. 그는 가벼운 수신호를 보내 촬영 중단을 지시했다. 윌리엄 잭슨을 막을 수 있는 유일한 존재인 제임스 윌리스가 그 이상어떤 조치도 취하지 않자, 올리비아 왓슨이 전전긍긍하며 물었다.

　"감독님. 말려야 하지 않을까요?"

　"아니."

　제임스 윌리스가 고개를 저으며 말을 이었다.

　"언제가 됐든 터질 일이네. 도원은 현명하게 잘 대처할 거야. 그러니 조금 더 지켜보도록 하지."

　한편 얼굴이 붉게 달아오른 윌리엄 잭슨은 이도원을 죽일 듯 노려보고 있었다.

　반면에 이도원은 평온한 얼굴이었다.

　"내 실력이 당신을 실망시킨다면 그때 불만을 꺼내시죠. 일단은 넣어두세요. 마음을 가라앉히고 침착하게 저와 연기 호흡을 맞추다 보면 해소될 겁니다."

마치 엄마가 아들을, 교사가 제자를 타이르는 어조였다. 당연히 윌리엄 잭슨은 울화가 끓어서 졸도할 지경이었지만 섣불리 난동을 피우지 못했다. 이도원의 부드러운 말투 속에서 맞서기 꺼림칙한 자신감이 느껴졌기 때문이다.

'이놈이 뭘 믿고?'

이도원은 고개를 돌리며 제임스 윌리스 감독에게 말했다.

"소란을 피워서 죄송합니다."

그에 제임스 윌리스 감독은 빙그레 웃더니 스태프들에게 지시했다.

"촬영 준비해주게."

현장이 다시 분주하게 돌아갔다.

상황을 지켜보던 메이슨 카메론이 팔짱을 끼며 고소하다는 듯 말했다.

"아무래도 윌리엄이 임자를 만난 것 같군."

"그러게요. 역시 호락호락하지 않은 남자예요."

대답하는 올리비아 왓슨의 시선은 이도원을 향해 있었다. 그녀는 윌리엄 잭슨의 험상궂은 인상과 압도적인 덩치에 조금도 굴하지 않는 이도원이 신기했다. 아무리 폭력을 행사할 수 없는 상황이라도, 막상 윌리엄 잭슨의 앞에 서서 난폭한 언사를 뒤집어쓰면 대부분 꼬랑지를 말고는 했다. 그런데 이도원은 동양인이라고는 자신뿐인 현장 속에서도 굴하지 않고 맞선 것이다.

'멋있네.'

순간적으로 호감을 품은 올리비아 왓슨의 마음을 전혀 모르는 이도원은 지금 상황이 흥미로웠다. 남들이 보면 미친놈이라고 할 수도 있겠지만, 격투기에서 스파링을 하기 직전 느끼는 묘한 흥분과 흡사했다. 어쩌면 그동안 겪었던 배우들 간의 기 싸움이나 레드 엔터테인먼트와의 신경전 등으로 간덩이가 배 밖으로 나온 건지도 몰랐다.

어쨌거나 이도원에게는 윌리엄 잭슨의 위협 수단이 전혀 통하지 않았다.

'잠시 후 표정이 궁금하군.'

평소 같으면 상대 배우를 보며 호흡을 맞출 궁리를 하겠지만 이번만큼은 얄짤 없이 실력 발휘를 해볼 요량이었다. 상대를 세심하게 배려하지 않는다면 보다 자신의 연기에 치중할 수가 있었다. 다만 압도적으로 상대를 눌러서는 좋은 장면이 나올 수 없기에 조화로운 연기를 추구하는 것뿐이다. 하지만 이번에는 달랐다.

제임스 윌리스 감독의 지시가 떨어졌다.

"레디, 액션!"

기숙사 방 안.

카메라가 두 배우를 담고 있었다.

그리고 마침내 윌리엄 잭슨의 연기가 시작됐다.

"그쪽이 새로 온다는 실력자입니까?"

해맑게 물은 윌리엄 잭슨이 힐끗 눈치를 보며 말을 이었다.

"이곳에는 이곳의 법이 있어요. 당신도 제대로 적응하려면 우리 병원의 원칙을 따라야만 할 겁니다."

이도원은 특유의 무표정한 얼굴로 대답했다.

"로건 리입니다, 당신은?"

그는 물으며 윌리엄 잭슨의 명찰을 보았다.

시선을 향해 있는 곳을 확인한 윌리엄 잭슨이 머쓱하게 웃으며 말했다.

"난 제이콥 하디입니다. 잘 부탁해요."

그가 두툼한 손을 내밀며 악수를 청했다.

이도원은 손을 맞잡는 대신 건조한 눈빛을 보냈다.

"아, 당신이 말로만 듣던 '빅 제이'군요. 몇 년 전, 돈을 받고 장기 이식 대상자 순번을 바꾸는 바람에 자격 정지를 당했었죠?"

제이콥 하디의 표정이 돌처럼 굳었다.

"잘 지내보려 했는데……."

이도원은 그의 말을 날카롭게 잘라 버렸다.

"이런 불미스러운 사건으로 당신은 만년 치프(Chief : 레지

던트 중 우두머리)를 지내고 있다고 알고 있습니다. 그에 반해 난 CS(Chest Surgery : 흉부외과) 전문의죠. 난 당신이 이곳에서 밥을 몇 끼 먹었는지 따위에는 관심 없습니다. 직책에 맞게 대우해 주십시오."

어조에서 이성적인 성격이 고스란히 묻어났다.

손발을 놀리는 것처럼 자연스럽게 대사를 치는 이도원을 보며 윌리엄 잭슨은 보통내기가 아님을 인정했다.

'그래도 배우 구색은 갖춘 놈이군.'

그렇다고 해서 바로 태도를 바꾸는 것은 자존심이 허락하지 않았다. 그는 이도원의 기를 죽일 생각으로 분위기를 급격하게 고조시키려 들었다. 붉게 달아오른 얼굴로 씩씩대며 난폭하게 구는 것이다.

"아무리 전문의라 하더라도 병원 내부의 규율이 직책 위에 있다는 것을 잊지 마십시오. 단순히 직책이 높다고 해서 경력을 존중하지 않는다면 아무에게도 인정받지 못할 거라는 뜻입니다."

이도원은 책장을 정리하던 것을 멈추며 고개를 돌렸다. 빤한 시선을 직격탄으로 맞은 윌리엄 잭슨은 심장이 빠르게 뛰었다.

'내가 긴장했다고?'

일전의 이도원과는 전혀 다른 눈빛을 보았기 때문이었다.

연기할 때의 이도원은 배우가 아닌 '로건 리' 자체였다.

그는 천천히 입을 열었다.

"존중을 받든 못 받든 그건 내 문제입니다. 존경하는 치프께서 관여하실 일이 아니란 뜻이죠. 치프, 당신은 그저 의사 사회의 공정하고 엄격한 질서를 지키면 되는 겁니다. 내 말 이해했습니까?"

윌리엄 잭슨이 부르르 떨며 책상을 쾅! 때렸다.

그 모습에 이도원이 눈살을 찌푸렸다.

"지금 뭐하는 겁니까?"

"말끝마다 치프, 치프. 날 조롱하는 겁니까?"

터벅터벅 다가간 윌리엄 잭슨이 이도원을 내려다보며 되물었다.

"날 얕잡아 보는 거냐고 물었습니다. 비록 내가 치프일망정 이 병원에서 날 함부로 할 수 있는 사람은 아무도 없습니다. 그게 바로 당신이 말하는 의사 사회의 공정하고 엄격한 질서란 말입니다. 내 말 이해하겠습니까?"

두 사람 모두 서로 한 치 물러서지 않는 팽팽한 대립각을 만들어주고 있었다. 모니터로 그 장면을 지켜보던 제임스 윌리스 감독이 크게 외쳤다.

"컷! 잠깐 쉬죠."

문간을 넘어서 방 안으로 들어간 제임스 윌리스 감독은 윌리엄 잭슨에게 물었다.

"뭔가 쫓기고 있는 느낌이 드는데. 과장된 연기를 보는 느낌이야. 월리엄, 대체 무슨 일인가?"

질문을 받은 월리엄 잭슨의 얼굴이 삽시간에 붉어졌다. 하지만 제아무리 거칠 것 없는 성격의 그라도 제임스 윌리스 감독에게 만큼은 고분고분하게 굴었다.

"아닙니다, 감독님. 주의하겠습니다."

고개를 끄덕인 제임스 윌리스 감독이 이번에는 이도원에게 말했다.

"일관된 성격 표현이 마음에 듭니다."

그는 엄지를 세우며 윙크를 보냈다.

이도원은 살짝 웃으며 참혹하게 일그러진 표정의 월리엄 잭슨을 바라봤다.

'살덩이만큼이나 욕심이 많은 친구로군.'

실존인물 월리엄 잭슨과 그의 극 중 배역인 '제이콥 하디' 사이에는 큰 차이점이 있었다. 월리엄 잭슨이 감정적인 독불장군이라면 '제이콥 하디'는 선악이 불분명하고 능구렁이 같은 스타일이었던 것이다. 그럼에도 월리엄 잭슨은 현장 밖의 모습으로 감정 표현을 하고 있었다.

'원인은 둘 중 하나다. 집중력이 깨졌거나 캐릭터를 똑바로 이해하지 못했거나.'

이도원은 연습 부족일 거라고는 생각하지 않았다.

윌리엄 잭슨도 프로였기 때문이다.

"윌리엄."

이도원이 그를 불렀다.

그러자 윌리엄 잭슨이 얼굴을 구기며 물었다.

"뭐지? 날 비웃기라도 할 셈인가?"

"그런 건 아닙니다. 단지, 당신이 촬영 시작 전에 있었던 소란을 신경 쓰는 것 같아서요."

"엔지를 낸 것은 미안하지만, 그렇다고 해서 충고를 듣고 싶진 않군."

도무지 말이 통하지 않는 상대였다.

고집불통이란 말이 정확할 터였다.

이도원은 애초부터 윌리엄 잭슨이 자신의 충고를 귀담아 듣지 않으리라는 예상을 했다. 하지만 문제가 계속 풀리지 않고 반복된다면, 결국에는 충고를 받아들일 수밖에 없으리라는 판단을 한 상태였다.

"충고로 받아들이든 말든 삼자로서 조언 하나 하겠습니다. 난 당신이 '제이콥 하디'라는 인물을 이해하지 못했을 거라고 생각하지 않습니다. 그렇다면 문제는 당신이 나를 너무 싫어한 나머지 신경이 분산돼 있다는 점이겠죠."

윌리엄 잭슨은 의외로 과격한 반응을 보이지 않았다. 그는 어두운 표정으로 팔짱을 끼며 생각에 잠겼다.

'이 애송이가 하는 말도 일리가 있다. 캐릭터를 연기할 때에 내 감정이 작용했어.'

이도원은 남몰래 미소를 띠었다.

'연기에 있어선 진지하군.'

한편 제임스 윌리스 감독은 촬영을 시작하기 전마다, 매번 두 사람에게 소정의 시간을 주고 기다렸다. 그의 노림수는 여러 번 마찰을 통해 점차 관계가 완화되는 것이었다.

함께 모니터를 바라보던 메이슨 카메론과 올리비아 왓슨은 이 같은 예견 능력에 혀를 내둘렀다.

"대체 어떻게 알고 계셨던 거예요?"

올리비아 왓슨이 먼저 물었다.

메이슨 카메론도 궁금한 눈치로 덧붙였다.

"감독님도 윌리엄의 꽉 막힌 성격은 잘 알고 계셨지 않습니까."

제임스 윌리스 감독은 두 배우를 바라보며 빙그레 웃었다.

"그래. 난 윌리엄의 성격적인 문제를 누구보다 잘 알고 있네. 배우들 사이에서 그가 어떻게 불리는지도 알고 있지."

그는 모니터 너머로 현장을 바라보며 덧붙였다.

"하지만 난 그 의견에 동조해선 안 되네. 어느 한쪽으로 치우치거나 중심을 잃으면 안 된다는 의미야. 난 다른 배우들을 믿는 것처럼 윌리엄 잭슨 또한 믿고 있네. 그와 총명한 도원이라면 사소한 감정 문제를 잘 해결해나갈 거라고 믿었을 뿐이야. 예견한 게 아니고, 신뢰한 거라는 뜻일세."

그 말처럼 현장에서도 미세한 변화가 일어나고 있었다. 평소 같으면 한바탕 시비를 걸었을 윌리엄 잭슨이 가타부타 말 없이 모니터가 있는 곳을 보며 요청한 것이다.

"감독님, 준비됐습니다."

고개를 끄덕인 제임스 윌리스 감독이 입을 열었다.

"레디, 액션!"

그에 따라 두 배우는 전과 같은 장면을 연기했다.

이번에도 이도원은 냉철하고 이성적인 모습을 드러냈다. 정확히 찍어내듯 기복 없이 정확한 연기를 보여줬다.

반면 윌리엄 잭슨은 전과 다른 방식을 사용했다. 자신의 감정을 완전히 배척하고 인물에 몰입한 것이다. 그러니 이제야 배우가 아닌 의사 같아보였다.

'생각보다 빨리 바뀌네.'

이도원은 윌리엄 잭슨이 실시간으로 보여주는 적응력에 감탄할 수밖에 없었다. 몇 차례 엔지를 내다가 정 안 될 때, 충고를 울며 겨자 먹기로 수용할 거라 짐작했는데 완전히 빗나갔다.

"훌륭하군요."

컷 사인이 떨어지자 이도원은 숨김없이 감탄했다.

윌리엄 잭슨은 거구를 들썩이며 퉁명스럽게 대답했다.

"굳이 당신 충고를 받아들인 건 아니야."

피식 웃은 이도원이 말했다.

"알고 있습니다, 어련하시겠어요?"

심각한 얼굴로 두 사람을 지켜보던 메이슨 카메론이 올리비아 왓슨에게 물었다.

"어쩐지 좀 친해진 것 같지?"

올리비아 왓슨이 고개를 돌리며 은근한 미소를 지었다.

"그저 굴러 들어온 돌이라고 생각했는데, 터줏대감도 못 했던 일을 해낼 것 같지 않아요? 그를 보고 있으면 구심점 역할을 해줄 수 있을 것 같은 신뢰가 생겨요."

고개를 끄덕인 메이슨 카메론은 자신의 생각을 밝혔다.

"도원이 주위에서 흔들려고 해도 흔들리지 않는 스타일인 건 확실해. 저런 당당한 모습이 비호감을 호감으로 만드는 것 같고. 그나저나 눈이 반짝이는 게, 저 친구에게 호감이라도 품은 건가?"

그가 묻자 올리비아 왓슨이 고개를 갸웃했다.

"그건 왜 물어요?"

"강력한 경쟁자가 생긴 것 같아서 말이야."

메이슨 카메론이 진지한 표정으로 농담을 건넸다.

그때 모니터를 보고 있던 제임스 윌리스 감독이 조연출 앤 로버츠에게 말했다.

"다음 현장으로 이동하지."

*　　　　*　　　　*

다음 촬영할 씬은 이도원이 단독으로 들어갈 장면이었다. 그럼에도 배우들 중 누구 하나 현장을 떠나지 않았다. 자신의 분량이 모두 끝났는데도 모든 배우가 남아 기대어린 시선을 보내는 것은 굉장히 이례적인 일이었다.

"왜 그딴 눈으로 쳐다보는 거지?"

윌리엄 잭슨이 메이슨 카메론과 올리비아 왓슨에게 물었다.

올리비아 왓슨은 직설적인 질문에 머쓱해진 얼굴로 대답했다.

"윌리엄 당신이 다른 배우의 연기에 관심을 보이는 건 처음 봤으니까요."

"저 재수 없는 자식은 뭔가 다른 느낌이 있다. 무척 자연스러운 연기로 화면을 장악하고 자석처럼 끌어들이면서도, 연기를 잘한다는 생각이 들게끔 해."

그를 보며 메이슨 카메론은 입을 떡 벌렸다.

'남은 것도 모자라 찬사를 보내다니.'

해가 서쪽에서 떠도 이상할 게 없을 것만 같았다.

한편 이도원은 개의치 않고 대본을 읽고 있었다. 그의 몸은 촬영 현장에 있었지만, 의식만큼은 '로건 리'가 호흡하는 병원의 공기 속에 있었다. 눈을 한 번 감았다 뜨자 생생한 현장감이 심장을 쿡 찌르며 들어왔다.

'준비 끝.'

그때, 제임스 윌리스 감독이 지시를 보냈다.

"레디, 액션!"

순간 이도원의 눈가가 붉게 충혈됐다.

소리 없는 표정 변화가 감정을 전달했다.

'순서대로 찍는 것도 아닌데 바로 집중한다.'

윌리엄 잭스는 저도 모르게 주먹을 불끈 쥐었다. 그 와중에도 이도원의 연기는 계속되고 있었다.

병원 침대 위 창백한 얼굴로 누워 있는 자신의 동생을 바라보는 눈빛은 애절했다. 눈빛에 병실 풍경이 버무려진 것만으로 그 같은 상황을 유추할 수 있었다.

심지어 현장의 배우나 스태프들은 연기인 걸 알면서도 믿음이 생겼다. 그들은 더 이상 현실을 의식하지 못하고 있었다. 이미 이도원과 동생 역할의 조단역이 형제로 보이는 것이다.

'어쩐지 알면서 속는 기분이야.'

메이슨 카메론은 팔에 소름이 돋았다.

올리비아 왓슨은 소름 돋을 새도 없이 연기에 몰입해 버렸다. 그녀는 이도원과 함께 눈가를 적시고 있었다.

배우나 스태프 누구도 이도원의 감정 범위를 벗어나지 못했다. 그리고 한 번 사로잡혀 마음대로 빠져나가지도 못하고 있었다.

이도원을 손을 가늘게 떨며 뻗었다.

기교가 아닌 마음에서 우러나오는 움직임이었다.

동생 역할의 조단역배우가 감고 있던 눈을 떴다. 그는 이도원과 눈이 마주친 순간 자신의 역할에 젖어버렸다. 그러자 연기를 해야 한다는 긴장감이 씻은 듯 사라졌다. 자신 스스로가 이도원이 연기하는 '로건 리'의 동생임을 믿게 된 것이다.

"형."

마치 전염병이라도 걸린 듯, 동생 역할의 배우 역시 동질감이 느껴지는 애절한 목소리로 말했다.

"내 수술, 형이 해줬으면 해."

리액팅.

이도원의 감정은 반사되는 것처럼, 상대 배우 내면의 감정을 끄집어내고 있었다.

시선만으로 주위를 사로잡은 이도원은 천천히 입을 열었다. 감정의 동요를 들키지 않도록 철저히 감춘 모습이었다.

"가족을 직접 수술할 수는 없어. 동생아, 네 수술을 집도할 칼 케이지는 나보다 뛰어난 실력을 가진 사람이니까 너무 걱정하지 마라."

동생 역할의 단역배우는 불안한 눈빛과 표정을 지었다.

그 모습을 보며 이도원은 다시 한 번 느꼈다. 미국에서 촬영하며 든 생각은 한국과 비교했을 때 단역이나 보조 출연자들의 열정이나 연기력이 훨씬 뛰어나다는 것이었다. 단역이나 보조 출연 출연료만으로 생계유지가 힘든 한국과 달리, 미국은 넉넉하진 않아도 생계를 꾸려갈 수 있을 정도의 급여를 받는다는 것이 '취미'와 '직업'으로서 차이점을 발생시켰다.

'확실히 개선돼야 할 점이야.'

이도원은 매번 그런 판단을 했지만 딱히 해결책이 떠오르진 않았다. 생계유지 여부가 다를 뿐 미국이나 한국이나 주역과 단역의 출연료 차이가 큰 것은 같았고, 애초부터 시장규모가 달라서 발생하는 문제점이었기 때문이다.

잡생각을 하고 있을 때 제임스 윌리스 감독의 사인이 들려왔다.

"오케이 컷. 다음 바로 수술 장면 가겠습니다."

드디어 올 것이 왔다.

수술 장면은 영어로 구사해야 하는 대사도 어려웠을 뿐더러 메디컬 드라마의 하이라이트 부분이라고 할 수 있었다. 더구나 밀착 촬영을 하기 때문에 배우의 연기력에 따라 장면 자체가 살 수도, 죽을 수도 있는 것이다.

제임스 윌리스 감독은 이도원을 불러다 놓고 확인했다.

"한국에서도 메디컬 드라마를 촬영한 적은 없더군. 걱정이 되는 것도 사실이야. 간접적으로 보고 듣는 것과, 직접 연기하는 건 차이가 있으니까. 촬영까지 시간이 촉박했을 텐데… 준비는 다 됐나? 원한다면 촬영 순서를 메이슨의 수술 장면과 바꿀 수 있네."

그에 이도원이 어색하게 웃으며 대답했다.

"준비는 항상 부족한 법이죠. 하지만 그간 준비한 것들로 해보겠습니다."

"…좋아."

제임스 윌리스 감독은 걱정스러운 표정을 다 버리진 못하고 대답했다. 그는 한편으로 메이슨 카메론을 언제든 투입할 수 있도록 대기시켰다. 순서를 바꾸는 경우까지 대비한 것이다.

"어차피 남아서 지켜볼 생각이었습니다."

메이슨 카메론은 그렇게 말했다.

윌리엄 잭슨과 올리비아 왓슨 역시 남아서 촬영을 지켜보기로 한 듯, 자신의 분량이 끝났음에도 떠날 기미를 보이지 않았다.

그들 모두 이도원이 보여줄 수술 장면이 기대되는 것이다.

배우들과 스태프들의 흥미진진한 표정을 발견한 제임스 윌리스 감독은 고개를 절레절레 저었다.

'시청자를 만나기도 전에 현장을 통째로 홀려 버렸어. 단 몇 씬만에 모든 사람들이 도원이 보여줄 다음 장면을 기대하고 있다.'

이도원의 연기를 접한 그는 관객과 시청자들도 열광할 거라는 확신을 할 수 있었다.

"앤, 수술실로 옮겨서 세팅하게."

제임스 윌리스의 지시를 받은 앤 로버츠가 스태프들에게 전달했다.

과연 여러 대의 장비가 동원되다 보니 촬영 일정도 여유롭게 진행됐다.

이도원은 일사불란하게 돌아가는 현장을 보며 나직이 감탄했다. 금세 장비들이 옮겨지고 스태프들 역시 자리를 잡았다.

이윽고 제임스 윌리스 감독이 콘티를 들고 설명했다.

"대사 처리는 도원에게 맡길 생각이야. 단, 내가 원하는 톤의 연기는 의사다운 모습이네. 수술은 멋있게 하는 게 아니야. 섬세하고 신경이 바짝 곤두서는 작업이니만큼 멋져 보이기보다, 보는 사람조차 숨 막힐 정도로 치열해야 돼."

이도원이 고개를 끄덕이며 대답했다.

"한번 잘 살려보겠습니다."

그는 스태프들이 장비 세팅을 마칠 동안 수술실 앞 복도에 위치한 의자에 앉아 책 한 권을 올려두었다.

에릭 시걸의 〈닥터스〉라는 책으로, 하버드 의대생들의 치열한 사랑과 고뇌를 그린 작품이었다.

달라붙어 메이크업을 하던 스태프가 소설을 보고 물었다.

"〈닥터스〉는 저도 좋아하는 작품이에요. 하지만 저긴 수술 장면이나 병원 이야기가 안 나오지 않나요?"

둘 다 메디컬 소재였지만 다소 드라마와 동떨어진 주제를 다룬 작품이었다.

제법 날카로운 지적을 받은 이도원이 빙그레 웃으며 대답했다.

"저와 전혀 다른 인물을 이해하기 위해선 발자취를 따라가 봐야 한다고 생각했습니다. 그래야만 그들의 정신과 심리를 이해할 수 있을 테니까요."

친절한 설명을 들은 스태프가 살짝 웃으며 말했다.

"좀 특이해서 여쭤봤어요. 보통 대본이나 의대에서 볼 법한 전문서적을 보고 계시거든요."

어떤 방법이 더 훌륭하다고 할 수는 없었다. 다만 이도원은 한정된 시간 속에서 의학보다는 사람을 공부했다.

에릭 시걸의 〈닥터스〉나 로빈 쿡을 찾은 것도 그 일환이었다. 자신이 맡은 '로건 리'라는 인물이 하버드대학교 의학과를 나왔다고 가정하고, 하버드 의대생들을 다룬 〈닥터스〉나 실제 하버드대학교 의학과 석사로서 많은 소설을 낸 로빈 쿡의 작품들을 모두 읽은 것이다.

그때, 주변을 기웃거리던 앤 로버츠가 끼어들며 물었다.

"저도 궁금하네요. 시간이 많이 촉박했잖아요. 전문의학을 공부하기도 부족한 시간에 인물 자체를 이해한다는 건 쉽지 않은 일이에요. 지름길을 두고 돌아간 건 아닐까요?"

이도원은 그녀의 질문과 다른 의견을 펼쳤다.

"의사들이 실무를 볼 때 가지는 직업윤리는 교과서에 명시된 부분과 다를 수밖에 없습니다."

앤 로버츠는 빙긋 웃으며 대답했다.

"이번에도 기대할게요. 어떻게 다른 연기를 보여줄지 궁금하네요."

미소 띤 이도원은 아무 대답도 하지 않았다. 그는 두근두근한 심장 박동을 느끼며 내심 생각했다.

'저도 기대됩니다. 어떤 연기를 할 수 있을지.'

무엇을 상상하든, 어떤 연습을 했든 배우가 연기를 끝내기 전까지, 모든 건 미지수였다.

\*　　　　\*　　　　\*

"수술복이 잘 어울리는데요?"

앤 로버츠가 이도원을 보며 말했다.

고개를 끄덕인 제임스 윌리스가 대답했다.

"눈빛도 날카롭고 좋아. 이미 비주얼은 영락없는 흉부외과 전문의인데… 어디까지 해낼 수 있을지 궁금하군."

순간 한 여배우가 현장 안으로 들어갔다.

그녀는 수술복을 입은 올리비아 왓슨이었다.

예정에 없는 출연에 화들짝 놀란 앤 로버츠가 물었다.

"그녀가 왜……?"

"내게 부탁을 해서 승낙했네."

제임스 윌리스가 조금 미안한 표정으로 덧붙였다.

"도원과 호흡을 맞춰보고 싶다더군."

"연습은 충분히 된 건가요?"

"그녀는 드라마 촬영 동안 이미 반쯤 의사가 됐어. 대본상 환자의 예후를 확인하고 즉석에서 대사를 쓰더라고. 참여하는 작품마다 대본을 통째로 외우고, 직접 현장으로 찾아가서 사전 조사를 한다는 소문이 모두 진짜였어."

"노력파라는 건 일찍부터 알고 있었지만… 현장에서 바로 즉석으로 투입해도 될 정도였단 말이죠?"

앤 로버츠는 날카로운 눈빛으로 추궁했다.

그에 머쓱하게 웃은 제임스 윌리스가 현장을 고갯짓하며

말했다.

"직접 한 번 보라고."

그는 앤이 더 이상 추궁할 새도 없이 바로 지시를 내렸다.

"롤 카메라. 레디, 액션."

그 말이 떨어지기 무섭게 문이 열리며 이도원이 수술실 안으로 들어왔다. 그가 위치에 서자 올리비아 왓슨이 능숙한 어조로 환자의 상태를 보고했다.

"환아는 2개월 된 남아로 COA(대동맥축착증), 그리고 ALCAPA(좌관상동맥이상기시증) 케이스입니다."

또박또박한 목소리가 귀에 쏙쏙 박혔다.

그녀를 응시한 이도원이 침착하게 대답했다.

"이상기시하는 좌관상동맥을 폐동맥에서 분리하여 관상동맥이 꺾이지 않도록 대동맥궁의 하면에 붙인다."

다음으로 수술 장면이 이어졌다.

눈앞에 누워 있는 환자는 인형으로 된 모형이었다. 그럼에도 이도원은 실제 수술을 하는 의사처럼 대상에 몰입하여 섬세하게 매스를 놀렸다.

물론 그는 실제 수술 방법을 전부 알지는 못했다. 대충 보고 어깨너머로 배운 순서대로 흉내내는 것에 불과했다.

'그래도 이 짧은 시간에 손동작을 외워왔다니……'

제임스 윌리스 감독은 슬슬 목이 타고 있었다. 기대감이 증폭되는 것과 비례해서 체내의 수분이 마르는 느낌이었다. 뿐만 아니라 모두가 시선을 떼지 못하고 침을 꼴깍 삼켰다.

이도원은 심연처럼 가라앉은 눈빛으로 수술을 진행하고 있었다. 그가 짓는 표정은 고도의 집중력을 발휘하고 있는 의사의 날것 그대로였다.

그 순간.

"블리딩(Bleeding : 출혈)입니다!"

올리비아 왓슨이 혈압 기계를 확인하며 급하게 외쳤다.

동시에 피가 튀자 이도원을 보조하는 어시스턴트들의 동공이 불안하게 흔들렸다.

그때부터 이도원은 점점 더 집중력을 쏟아붓기 시작했다. 손과 지시가 더욱 빨라지며 주변 사람들의 가슴을 졸이게 만들었다. 변함없는 표정에 대사 한마디 없었지만 극의 흐름에 따라 이어지는 움직임이 긴장감을 고조시켰다.

"블로드로스(Blood loss : 출혈로 빠져나간 혈액의 양)가 심해. 펙드 셀(Packed cell : 수혈용 혈액) 추가로 요청해."

이도원은 위급한 상황에서도 나직한 말투로 지시를 내렸다. 그러면서도 끊임없이 손을 움직이며 수술에 임했다.

"알겠습니다."

명령을 받은 어시스턴트 한 명이 수술 방을 빠져나갔다.

그를 힐끗 보던 올리비아 왓슨이 말했다.

"액티브 블리딩(Active bleeding : 두드러진 출혈)은 아니었어요. 굳이 펙트 셀을 요청할 필요가 있을까요?"

"만약을 위한 조치요. 앞으로도 길면 두 시간이나 수술을 진행해야 하는데 위급한 상황이 생기면, 분명 필요할 겁니다. 부족한 것보다 넘치는 게 나아요."

"다른 곳에서도 혈액이 필요할 수……."

이도원이 그녀의 말을 자르며 일축했다.

"환자의 안전을 담보로 다른 사람들의 눈치를 볼 수는 없습니다. 혈액이 부족해지면 그때 우리가 가진 혈액을 넘기면 될 일입니다."

잠시 후 이도원은 눈을 지그시 감았다 뜨며 말했다.

"수쳐(Suture : 봉합)하겠습니다."

그는 수술이 끝난 것을 알림으로서 치달리던 흐름을 늦췄다. 잇따라 긴장이 풀린 올리비아 왓슨이 한숨을 내쉬었다.

"수술이 무사히 끝나서 다행이에요."

그녀를 보며 고개를 끄덕인 이도원이 무뚝뚝하게 대답했다.

"마무리하고 검사 진행한 뒤 보고하십시오."

그 대사를 끝으로 제임스 윌리스 감독이 사인을 보냈다.

"오케이 컷!"

배우들과 스태프들 모두 벙 찐 얼굴이었다.

이도원은 한시도 환자에게 눈을 떼지 않고 표정변화 없이 수술을 했다. 그럼에도 긴장감이 그래프처럼 굴곡을 만들었던 것이다.

수술 장면의 경우, 배우들이 의사가 아닌데다 수술 과정을 모두 연기하는 것이 아니기 때문에 다소 우스꽝스러울 수 있었는데, 전혀 그렇지 않았다는 점이 놀라웠다. 여기에다 연출적인 효과를 입히면 몰입도를 더 높일 수 있을 터였다.

"훌륭하군."

제임스 윌리스 감독은 짧게 감탄했다.

스태프들은 이제 수술 방 전체를 잡으며 배우들의 위치를 보여주는 풀 샷 촬영에 돌입했다. 그 외에도 클로즈업을 제외한 여러 구도를 추가로 확보했는데, 배우들은 서서 수술을 하는 시늉만 하면 되는 부분이었다.

그동안 배우들의 수술 연기를 돌려본 제임스 윌리스 감독이 모니터를 확인하며 앤 로버츠에게 말했다.

"어쩌면 이도원이 막바지 시청률의 변수가 될 수 있겠어."

오늘의 마지막 씬이 바뀌었다.

생각보다 촬영이 일찍 끝났고, 배우들이 모두 남아 있어서 가능한 일이었다.

그에 따라 스태프들은 수술 장면이 끝나는 즉시 복도와 휴게실로 장비를 나눠 옮겼다.

카메라가 여러 대 동원된 풍족한 제작 환경이었기에 장소

이동이 있더라도 끊지 않고 촬영하는 것이 가능했다. 흐름을 이어갈 수 있는 롱 테이크 촬영은 일견 배우에게 유리해 보이지만, 주위에 배치된 카메라 구도를 계산에 넣고 NG 없이 연기를 펼쳐야 했기에 경우에 따라선 더 고난도의 연기라고 할 수 있었다.

그 점을 감안한 앤 로버츠가 물었다.

"아무리 도원이라도 계속된 촬영으로 지친 상태에서, 십 분에 이르는 롱 테이크 촬영은 무리 아닐까요?"

"아니."

제임스 윌리스는 눈을 반짝이며 고개를 흔들었다.

"도원이라면 가능해. 난 그를 보며 현장을 완전히 꿰고 있는 몇 안 되는 배우라고 생각했네."

이는 감독이 배우에게 보낼 수 있는 최고의 찬사였다.

깜짝 놀라서 눈을 치켜뜨고 있는 앤 로버츠를 보며 제임스 윌리스 감독이 빙그레 미소를 띠며 덧붙였다.

"카메라 앞에서 연기를 하고 있으면서도, 카메라 뒤에 있는 것처럼 자신이 어떻게 나올지 정확히 알고 있지."

"촬영 경험이 쌓일수록 저절로 짐작할 수 있다지만… 연기 경험도 부족하고 연출도 경험도 없는 이십 대의 젊은 배우가 그걸 이해한다는 게 가능한 건가요?"

"상식을 벗어나는 일이지. 하지만 상식이란 언젠가 깨지는 법이야."

"현장을 꿰고 있는 배우……."

입안에서 맴도는 말을 중얼거린 앤 로버츠가 제임스 윌리스 감독의 시선을 좇아 이도원을 바라보았다.

한편 정작 당사자인 이도원은 두 사람의 감격스러운 심경을 전혀 모르는 표정으로 대본에 몰두하고 있었다.

'현장을 내 집처럼 만들어야 돼.'

그는 날카로운 시선으로 장비가 세팅돼 있는 현장을 슥 보았다. 복도에서 휴게실 안까지 배치된 카메라 위치를 하늘에서 내려다보는 것처럼 머릿속에 각인시켰다. 눈을 감고도 수십 년 동안 살았던 집안 구조를 그릴 수 있는 것과 같았다.

'다음은 내 감각을 믿는다.'

대본을 숙지하고 동선을 짜두었다. 또한 촬영 장비의 위치를 각인했다. 이제 남은 과제는 자신을 믿고 편안하게 연기하는 일뿐이었다.

"후……."

이도원은 날숨을 길게 내뱉으며 근육을 이완시켰다.

맥주 거품을 부드럽게 걸러내듯 넘치는 긴장을 덜고 현장에 뛰어들 준비를 했다. 적당한 긴장과 두려움은 감정이 급격히 오르는 데에 중요한 역할을 하기 때문에 자연스럽게 받아들였다.

때마침 스태프가 모두 자리를 잡자 제임스 윌리스 감독이 이도원에게 다가와서 물었다.

"준비됐나?"

이도원은 집중력이 깨질 것 같아 대답하지 않았다.

바짝 열이 오른 그 표정을 바라본 제임스 윌리스 감독은 그의 상태를 단번에 눈치채고 자리로 돌아갔다.

"촬영 시작하겠습니다! 레디."

각 분야의 감독들이 고개를 끄덕인 것을 신호로 지시가 떨어졌다.

"액션!"

이도원이 수술복을 벗으며 수술실 문을 열고 나왔다.

복도에는 메이슨 카메론이 심각한 얼굴로 기다리고 있었다. 그의 어두운 표정을 마주한 이도원은 눈가를 움찔 떨었다.

"설마……."

메이슨 카메론은 어떤 한동안 대답도 하지 못했다.

그를 응시하던 이도원의 눈가에 격랑(激浪)이 일었다. 순식간에 수막이 씌며 붉게 충혈된 것이다. 그뿐 아니라 동공도 바르르 떨렸다.

'어떻게 저런 연기가…….'

메이슨 카메론은 소름이 쫙 끼쳤다.

이도원의 눈에서 시작된 파동이 얼굴 전체로 번져 가고 있었다. 석고상처럼 딱딱했던 표정이 점차 흔들렸다. 그리고 마치 들키지 않으려는 듯, 손바닥을 펼쳐 눈을 가리며 물었다.

"방법이… 없었던 겁니까?"

납덩이같은 한마디를 듣는 순간 메이슨 카메론은 심장이 내려앉으며 상황에 빨려 들어갔다. 방금 전까지 이도원의 연기력에 감탄해 딴 생각을 했는데, 대사를 접하자 단단히 붙잡힌 듯 꼼짝없이 감정이입이 돼버린 것이다.

감정 전이가 이루어지자 메이슨 카메론은 물먹은 솜처럼 무거운 심정으로 고개를 떨구었다.

"이렇게 돼서 유감입니다."

상대방을 강제로 몰입시킨 이도원이 감정을 고스란히 이어가며 손을 뻗었다. 그는 메이슨 카메론이 더 이상 입을 여는 것을 제지하며 침울한 어조로 말했다.

"미안합니다, 먼저 실례하죠."

메이슨 카메론은 슬픔에 떠밀린 것처럼 비켜섰다.

그를 지나친 이도원이 휴게실로 향했다. 중간중간 병원 유니폼을 입은 보조 출연자들이 인사를 건넸지만 대답하지 않았다. 이도원은 연기를 하는 와중에도 복도 곳곳에 설치된 카메라에 표정이 드러나도록 신경을 썼다.

'카메라가 감각 안에 들어온다.'

어디서 어떤 구도로 촬영하고 있는지 굳이 쳐다보지 않아도 느껴졌다. 카메라가 신경 쓰여 자칫 신경이 분산될 법도 한데, 몰입도가 하나의 큰 물줄기를 이룬 것처럼 흐름에 방해받지 않을 수 있었다. 간단한 일 같지만 아무나 보여줄 수 없는 능력이었다.

'대단해.'

스태프들은 별도로 지시하지 않아도 동선을 정확히 알고 움직이는 이도원에게 소리 없는 성원을 보내며 열광했다. 스태프들의 구미를 척척 맞추는 배우의 존재는 촬영의 흥을 돋웠다. 이처럼 스태프들의 진지한 표정과 눈빛에서 나오는 열정을 읽은 제임스 윌리스 감독은 심장박동이 속도를 더해가는 것을 느꼈다.

'배우들에 이어 스태프들마저 홀려 버렸어.'

그 순간.

휴게실 문 앞에 도착한 이도원이 걸음을 멈췄다. 잠시 그대로 서 있던 그는 천천히 손을 뻗어 문고리를 잡았다.

그의 손이 덜덜 떨리고 있었다.

'좋아.'

제임스 윌리스 감독이 주먹을 움켜쥐었다.

멀찍이 떨어진 사람들은 이런 세심한 표현을 미처 볼 수 없었지만 모니터를 통해 현장을 바라보는 제임스 윌리스 감독과 앤 로버츠만은 달랐다. 그들은 이도원의 연기를 작은 부분까지도 놓치지 않고 있었다.

'괴물이야.'

공교롭게도 두 사람 모두 공통된 생각을 했다.

반면 수술실에서 막 나온 올리비아 왓슨이 이도원의 연기를 볼 수 없었다. 그녀는 여전히 이도원을 지켜보고 있는 메이슨 카메론에게 물었다.

"선생님, 어떻게 됐어요?"

메이슨 카메론이 고개를 젓자 올리비아 왓슨이 안타까운 목소리로 말했다.

"시신 확인도 안 하네요……."

"받아들이기 힘들 거야."

대답한 메이슨 카메론도 한숨지었다.

그는 자신의 연기를 하면서도 이도원이 뿜어내던 카리스마에서 벗어나지 못했다.

'정교하게 절제된 연기로 어떻게 그런 파워를 보이지?'

그는 지금껏 자부심을 갖고 걸어왔던 연기 경력에 대해 회의감을 느낄 지경이었다. 대신 이도원에 대한 경외감이 들었다. 자존심을 굽히고 같은 배우로서 조언을 구하고 싶었다.

한편 또 한 명의 주역인 윌리엄 잭슨은 밖에서 촬영이 진행되는 동안 휴게실 안에서 대기하고 있었다.

'왜 안 와?'

월리엄 잭슨이 긴장감으로 차가워진 손발을 비비며 입술을 축였다. 이윽고 문을 열고 들어오는 이도원의 표정을 마주한 순간, 그는 심장이 덜컥 내려앉았다.

"뭐야?"

월리엄 잭슨은 저도 모르게 외쳤다. 대본에 없는 대사였다. 하지만 상대역인 이도원은 돌발 상황에도 개의치 않고 연기했다. 거센 파도에 조약돌을 던진다고 지장을 줄 수 없는 것처럼, 무엇도 그의 연기 흐름을 방해할 수 없었다.

"흡."

이도원이 거친 호흡을 붙잡으려 애쓰며 바닥에 털썩 주저앉아 고개를 들었다. 어느새 눈물이 폭포처럼 흐르고 있었다.

그 모습을 보며 정신이 번쩍 든 월리엄 잭슨이 대본으로 돌아가 대사를 쳤다.

"자네, 설마……."

월리엄 잭슨은 말끝을 흐리며 고개를 저었다.

"유감이네."

그 말을 남긴 채 휴게실로 나간 그가 문을 닫고 엄지로 가리키며 입모양으로 말했다.

―다들 저거 봤나?

휴게실 밖에 있던 스태프들과 배우들이 피식 웃었다.

반면 제임스 월리스 감독과 앤 로버츠는 진지한 표정으로 모니터를 보고 있었다. 롱 테이크 촬영 동안 각각 나눠진 모니터를 통해 여러 장면들이 퍼즐처럼 완성돼 왔다. 그리고 지금, 이도원이 이번 롱 테이크 씬의 마침표를 찍으려 하고 있었다.

'정점이다.'

손으로 입을 틀어막은 이도원의 눈가와 미간에 주름이 잡혔다. 항상 역 팔(八)자를 그렸던 눈썹은 팔자로 떨어졌다. 그는 감당하기 힘든 사고를 겪고 불안정한 눈빛으로 오열하기 시작했다.

현장에서 빠진 배우들과 스태프들 모두 옹기종기 모니터 앞에 모여 이 장면을 보고 있었다. 그리고 누구도 숨소리 한 번 제대로 내지 못했다. 도원이 오열하는 모습에 숨이 턱 막혔다. 거기서 시간이 조금 흐르자 몇몇 여성 스태프들은 촉촉하게 젖어든 눈가를 훔쳤다. 그중에는 앤 로버츠도 있었다.

'맙소사……!'

도저히 연기라고 생각할 수 없었다.

분명히 연기인데, 연기가 아니었다.

'분명 가족을 잃어봤을 거야.'

그렇지 않으면 저런 연기가 나올 수 없다고 생각했다. 그리고 그 추측은 반은 맞고 반은 틀렸다. 이도원은 타임 슬립 전 어머니를 여의었지만, 지금은 가족 모두가 잘 살고 있는 상황이었기 때문이다. 또한 깊은 감정의 출처 역시 경험이 아니었다. 오열을 그친 이도원은 전신이 얼얼해진 느낌으로 생각했다.

'굉장해.'

전에도 인물에 완전히 몰입했다고 생각했지만, 이처럼 뼛속까지 동질감이 든 건 처음이었다.

'왜지?'

이도원은 고개를 갸웃하며 몸을 일으켰다. 전과 무엇이 달라졌는지 선뜻 알 수 없었던 것이다.

멍한 표정의 그를 보며 제임스 윌리스 감독이 말했다.

"훌륭한 연기였네, 오케이."

배우들과 스태프들 역시 모두 고개를 끄덕였다.

오로지 이도원만 개운치 않은 표정으로 서 있었다.

'그전과 뭐가 달라졌을까……'

고민하고 또 고민했다.

처음부터 차근차근 생각했다.

타임 슬립 전과 후를 비교하기도 했다.

왔던 길, 무수한 발자국을 되짚어 걷다 보니 앞만 봐서 살피지 못했던 주위의 풍경이 눈에 들어왔다. 그동안 놓쳤던 감정들이 가슴에 스며들었다.

그 결과, 연기의 밀도가 변한 이유를 찾을 수 있었다.

'대사가 없던 〈서커스〉를 통해 무언극을 했던 시절의 감각

을 떠올릴 수 있었다. 그리고 그때의 감각을 되찾았다.'

몸이 떨려왔다.

먼 길을 돌아온 기분이었다.

새로 얻은 삶에서 소리를 낼 수 없던 시절의 수준까지 체득하는 데에는 꽤 오랜 시간이 걸렸다. 오히려 집중력이나 연기력 면에서 소리를 잃고 난 뒤 큰 발전을 이루었던 것이다.

'전화위복.'

이도원은 주먹을 굳게 쥐며 미소 지었다.


　　　　*　　　　　*　　　　　*


시청률 8%대로 기존에도 드라마 순위 1위를 굳건하게 지키며 큰 인기를 끌었던 메디컬 드라마 〈하트펑션〉은 15부작이었다. 그리고 이도원이 나온 10부를 기점으로 시청률은 1%나 더 상승했다. 그가 주인공의 라이벌이자 새로운 등장인물인 '로건 리' 캐릭터를 훌륭하게 소화했다는 평과 함께, 슬슬 하락세였던 〈하트펑션〉에 대한 흥미를 증폭시켰다는 세간의 평이 자자했다. 이미 '로건 리' 캐릭터가 시즌2의 핵심 인물로 출연할 예정이라는 루머가 돌고 있었다.

잡지를 내려놓은 제임스 윌리스 감독이 안경 너머로 루머의 주인공을 빤히 응시하며 물었다.

"〈하트평선〉의 팬들은 자네를 원해. 시즌2에도 출연해 주는 게 어떻겠나? 방송국으로부터 출연료를 세 배로 올려주겠다는 약속을 받았네."

마주 앉은 이도원은 커피를 홀짝이며 대답했다.

"곧 감독님과 영화 촬영도 들어가지 않습니까? 그동안 너무 달려와서, 촬영이 끝나면 휴식 기간을 가질 생각입니다."

"지금껏 꾸준히 일을 하다가 왜 하필 나랑 작업을 하는 시점에 휴식 기간을 가진단 말이야?"

제임스 윌리스 감독은 투정부리는 아이처럼 말을 이었다.

"그러지 말고 시즌2 작업에 함께해 주게. 이미 정해진 영화 출연료도 제작사에 말해서 대폭 수정해 주겠네. 자네의 휴식이 이쪽 바닥을 불행하게 만들 수도 있어."

"그럴 리가요?"

이도원이 난처하게 웃으며 덧붙였다.

"한번 상의해 보고 결정하겠습니다."

고개를 끄덕인 제임스 윌리스 감독이 당부했다.

"모쪼록 희소식을 기다리고 있겠네. 농담처럼 말했지만, 자네가 이 바닥에서 보기 힘든 보물이란 것만은 확실해. 함께 작업하기 전에 품었던 기대를 곱절은 더해서 돌려주는 배우라니… 어찌 탐나지 않겠나?"

이도원 일행이 투숙하고 있는 호텔 안.

이진빈은 책상 위에 노트북을 켠 채로 인터넷 기사를 읽고 있었다.

"형, 이것 좀 보세요."

"읽어줘!"

이도원이 소파에 앉아 대본을 읽으며 부탁했다.

그에 이진빈은 입을 열다 말고 멋쩍게 대답했다.

"영어가 좀 약해서… 하하."

이진빈이 면접 당시 해외 근무를 희망하긴 했지만, 그는 '해외 근무 가능자'의 조건을 갖추고 있는 직원이 아니었다. 단지 오준식을 관리할 당시 실무 평가가 좋아서 눈에 띈 것뿐이다.

솔직한 대답에 미소를 띤 이도원은 대본을 소파에 두고 이진빈 옆에 앉았다.

"미국에서 활동하는 배우의 매니저를 하려면 영어는 필수야. 나야 대표다 보니 웬만한 건 직접 처리할 수 있지만, 다른 배우였다면 일정이나 계약에 관한 내용은 네가 도와줘야 했을 테니까."

충고한 그가 시선을 화면으로 돌렸다.

―'하트펑션' 시즌 1의 마지막을 화려하게 장식한 '로건 리' 이도원

드라마 <하트펑션>의 막바지.

새로운 등장인물인 '로건 리'가 등장할 거라는 소식이 들려왔을 때부터, 팬들은 기대감과 우려를 함께 보냈다. 드라마 후반부의 성패가 '로건 리'라는 캐릭터에게 달려 있다고 해도 과언이 아니었기 때문이다.

<하트펑션>이 끝난 지금 그때의 기대감과 우려는 모두 찬사와 열광으로 바뀌어 있다. 이처럼 '로건 리'는 묵직하고 냉철하면서도 뜨거운 가슴을 지닌 의사의 면모를 완벽하게 보여주었다고 평가된다.

그런 이유로 일각에서는 벌써부터 시즌 2에 대한 기대감이 굉장하다. 이미 웹상에서는 팬클럽이 생겼으며, 팬클럽 내부 인기투표에선 무려 70% 이상이 '로건 리'를 시즌 2의 주인공으로 지지하고 있었다.

<하트펑션>의 등장인물 중 가장 짧게 등장했음에도 믿기 힘든 반응을 불러일으킨 캐릭터 '로건 리'. 우리는 당분간 그를 볼 수 없겠지만, '로건 리'를 연기한 이도원과는 꾸준히 만날 수 있다.

배우 이도원은 <하트펑션>의 제임스 윌리스 감독과 다시 결합하여 영화 <황야의 선인장>을 함께 촬영하기로 되어 있는 상황이다.

<STARAMAZING 존 하워드 기자>

기사를 모두 읽은 이도원이 손가락으로 기자 이름을 가볍게 두드리며 말했다.

"존 하워드 기자한테 연락해서 인터뷰 약속 좀 잡아봐."

"아시는 분이세요?"

이진빈이 수첩에 적으며 물었다.

고개를 끄덕인 이도원이 답했다.

"〈아스라이〉 시사회 때 본 적이 있지. 할리우드에 진출하는 한국 영화계의 감독과 배우들을 집중 취재했던 기자야."

자세한 설명을 듣고 놀란 이진빈이 물었다.

"우와, 그런 건 어떻게 아세요?"

"백 엔터 지사 창립을 생각하면서 우호적인 역할을 해 줄 만 한 사람들부터 찾았다. 존 하워드도 그중 한 명이고."

이도원은 대수롭지 않게 말했다.

이진빈이 고개를 끄덕이며 대답했다.

"알겠습니다, 인터뷰 약속 잡을게요."

열의에 가득 차서 대답한 그는 막 생각난 듯 물었다.

"참, 호텔로 초청장 온 거 알고 계세요?"

"무슨 초청장?"

이도원은 고개를 갸웃했다.

그에 빙그레 웃은 이진빈이 책상을 뒤적이더니 작은 엽서 한 장을 꺼냈다.

"대부분 모바일로 발송했다던데, 형은 이쪽 애들이 쓰는 어플의 아이디가 없어서서 엽서로 보냈더라고요. 윌리엄 잭슨이 홈 파티를 연다고 합니다. 형도 꼭 참여하시면 좋을 것 같습니다. 윌리엄 잭슨의 인맥을 흡수할 기회라고 생각해요. 〈하트 펑션〉에 참여했던 사람들도 대부분 참석할 것 같고요."

"어디 봐."

이도원은 엽서를 넘겨받고 날짜를 보았다.

2025년 11월 9일. 차지은이 국내 패션 브랜드 〈더 로즈〉의 화보 촬영을 위해 뉴욕에 들어오기로 돼있는 날짜였다.

"이 날은 힘들 것 같은데."

그리 말한 이도원이 덧붙였다.

"정중하게 답신을 보내서 사과해야겠어."

"형, 그래도 너무 아까운 기회 아니에요?"

"소속 배우를 챙기는 게 먼저다."

이도원은 일축해 버렸다. 따라서 이진빈도 그 이상 가타부타 토를 달지 못했다.

"알겠습니다."

고개를 끄덕인 이도원이 책상 위의 달력을 넘겼다.

12월은 영화 〈황야의 선인장〉 일정이 가득했다.

'당분간은 한국에 들어가기 힘들겠어.'

그는 이진빈에게 말했다.

"한국에 있는 가족들을 한 번 초대해야겠다. 다음 주 내로 이번 달에 들어올 수 있는 비행기 편 좀 알아봐 줘."

＊　　　＊　　　＊

이도원은 이제 미국에서도 꽤 유명세를 치렀다. 마트에 가도, 공항에서도 간혹 알아보는 사람이 생긴 것이다.

이도원이 불쑥 다가온 팬 한 명에게 싸인과 포옹을 한 뒤 돌려보내자 곁에 있던 이진빈이 흐뭇한 얼굴로 속삭였다.

"굉장한데요? 공항 도착한 후 벌써 몇 명이에요?"

이십 분 정도 기다리는 동안 총 네 사람이 이도원에게 다가왔다. 선글라스를 착용한 걸 감안한다면 꽤 많은 사람이 그에 대해 알고 있다는 뜻이었다. 그러나 정작 이도원은 겸손하게 대답했다.

"그중 한인이 둘이었지. 현지인들은 잘 못 알아볼 거야."

이진빈은 절대 그럴 리가 없다는 표정이었다.

두 사람이 십오 분 정도 더 기다렸을 때 게이트에서 승객들이 들어오기 시작했다.

게이트를 나온 차지은이 두 사람을 발견하더니 환하게 웃으며 손을 흔들었다.

"오랜만이에요, 오빠!"

곁에 있던 이진빈이 말했다.

"전 그럼 차에 가 있을게요."

이도원이 고개를 끄덕이자 이진빈은 먼저 공항 밖으로 갔다.

그사이 다가온 차지은이 이도원에게 손을 내밀며 말했다.

"반가운데, 우리 악수할까요?

"그래."

이도원은 손을 맞잡고 흔들다가, 그녀를 당겨서 가볍게 포옹했다.

"오느라 고생 많았다."

그의 어깨너머로 눈을 배꼼 내밀고 피식 웃은 차지은이 대답했다.

"왜 사심이 섞여 있는 것 같죠?"

이도원은 가타부타 말하지 않고 그녀의 캐리어 손잡이를 가로챈 후 앞장섰다.

밖에는 이진빈이 미리 차를 빼서 나와 있었다. 그 덕분에 두 사람은 기다릴 필요 없이 편하게 탑승할 수가 있었다. 세 사람이 타자 차 내부가 꽉 찬 느낌이 좀 들었다.

"일단 호텔로 모시겠습니다."

행선지를 정한 이진빈이 차를 출발시켰다.

호텔을 향해 달리는 차 안에서 이도원이 먼저 입을 열었다.

"미국은 처음이야?"

"그렇죠. 어려서부터 촬영 일정 때문에 바빠서 어딜 못 갔으니까요. 그렇다고 해외 촬영이 있었던 것도 아니고."

차지은의 대답을 들은 이도원이 고개를 끄덕였다.

"많이 낯설겠네. 당분간은 진빈이랑 같이 움직이도록 해."

그는 일부러 차지은에게 따로 해외 출장 매니저를 배정하지 않았다. 자신과 함께 로스앤젤리스와 뉴욕을 들락날락하며 이곳 업계 문화에 적응한 이진빈이 적임자라고 생각했기 때문이다.

그에 차지은이 물었다.

"오빠는요? 오빠 매니저잖아요."

이도원은 이미 현지인에 가까울 정도로 적응이 된 상태였다.

그 사실을 이진빈이 증언해주었다.

"형은 저보다 이곳 문화나 지리도 잘 아시고, 영어도 유창하세요. 더불어 계약 내용까지 직접 관리하시니까 제가 있으나 없으나 사실 그게 그거죠. 아, 그렇다고 제가 놀고 있는 건 아녜요. 오해하시면 곤란합니다. 연락 업무나 일정 관리 같은 잡일을 도맡아 하고 있거든요."

피식 웃은 이도원이 고개를 끄덕였다.

"진빈이 없으면 아무것도 못하는 건 맞지만, 대부분 굳이 함께 다니지 않아도 해줄 수 있는 일이야."

두 사람이 그렇게까지 말하자 차지은 역시 더는 사양하지 않았다.

"고마워요."

그때 이진빈이 백미러를 힐끗거리며 치고 들어왔다.

"형, 그냥 오늘 홈 파티 가시죠. 자초지종을 설명했더니 이해는 하면서도 다들 파트너 데려온다고 하더라고요. 윌리엄 잭슨이 많이 아쉬워하는 것 같았습니다. 대체 성격 괴팍하기로 유명한 사람을 어떻게 구워삶으신 거예요? 좀 과장해서 아빠 찾는 여덟 살짜리 애처럼 조르던데요?"

이진빈은 이도원이 꼭 파티에 참석하기를 원하는 듯 살을 붙여가며 간곡하게 말했다.

옆에서 그 내용을 모두 들은 차지은이 이도원을 보며 물었다.

"괜히 저 때문에 일정을 바꾸신 거예요?"

이도원은 담담하게 고개를 저으며 대답했다.

"네 쪽이 선약이었어, 우리 백 엔터 소속 식구가 더 중요하기도 하고. 그러니 너무 신경 쓰지 마."

그는 이진빈을 찌릿하게 쏘아봤다.

그러자 흠칫한 이진빈이 어색한 헛웃음을 흘리며 거들었다.

"그건 그래요. 파티가 일보다 중요하진 않죠."

반면 차지은은 동조하지 않고 말했다.

"직접 마중 나와서 호텔까지 안내해 주셨잖아요. 어차피 〈더 로즈〉 팀은 내일모레 도착해서 시간 좀 있어요."

나직이 한숨을 내쉰 이도원이 그녀에게 물었다.

"그럼 나랑 파티 갈래? 피곤하면 먼저 들어가서 쉬어도 돼."

그에 차지은이 흥미진진하게 웃으며 대답했다.

"아네요, 저도 말로만 듣던 홈 파티 가보고 싶었거든요."

이도원과 눈이 마주친 이진빈이 입가의 웃음을 감추며 상황을 마무리했다.

"그럼 윌리엄 잭슨의 저택으로 가겠습니다. 지금이 여섯 시니까, 도착하면 파티 시간과도 정확히 맞아떨어지겠네요!"


세 사람이 탄 SUV차량은 한 시간 후 목적지에 도착했다.

주위를 둘러보던 이진빈이 감탄을 내뱉었다.

"으리으리하네요."

그도 그럴 것이, 윌리엄 잭슨의 저택은 롱아일랜드 브룩빌에 위치해 있었다. 미국 서부 로스앤젤레스에 비버리힐즈가 있다면 동부에는 뉴욕에는 롱아일랜드가 있다고 할 만큼 화려한 부촌에 살고 있는 것이다.

현장에서 본 윌리엄 잭슨의 모습과는 선뜻 매치가 안 됐다.

"소문에는 대대로 지역 유지였다고 하더라고요. 그 말이 정말인가 봅니다."

이진빈은 이도원과 함께하는 모든 배우를 조사했던 기억을 되짚으며 아는 체를 했다.

그사이 일행은 저택 앞까지 당도했다. 거대한 저택 문이 활짝 열려 있고, 집안으로부터 환한 불빛이 음악과 어우러지며 흘러나오고 있었다.

"형, 우리 복장이……."

턱시도와 드레스.

대부분이 격식을 갖춘 모습들이었다.

미리 언질을 받지 못했던 이도원은 당황스러웠다.

"홈 파티의 '홈'이 이런 곳일 줄이야."

그는 평범한 대학생이나 이웃 간의 홈 파티 정도를 생각했던 것이다.

이진빈은 선뜻 보조석 문을 열지 못하고 물었다.

"그냥 돌아갈까요?"

그 순간, 저택 안에서 사람들이 몰려나왔다. 그들은 뜻밖에도 이도원이 탄 차에 들이닥쳐 에워쌌다. 생각지도 못한 상황에 돌아갈 기회마저 잃게 된 것이다.

이윽고, 집 주인인 윌리엄 잭슨이 인파를 헤치며 나타났다.

"신사 숙녀 여러분, 오늘 파티의 주인공은 제가 아닙니다. 〈하트펑션〉 촬영을 무사히 끝낸 기념으로 주최한 파티이니만큼 그 주역들이 주인공이 돼야 한다고 생각하니까요. 난 그들과 때로는 의견이 안 맞았고 다투기도 했지만, 좋은 친구가 됐다고 믿습니다."

장황하게 서두를 던진 윌리엄 잭슨이 창문에다 노크를 하고 귀를 기울이는 시늉을 했다. 차 안에서 대답이 들려오지 않자 그는 주위를 둘러보며 재차 말했다.

"우리의 주인공이 도도하게 구는군요. 오늘 기분이 좋지 않은 것 같습니다. 좀 더 열정적으로 불러주세요!"

잇따라 정원을 가득 채운 사람들이 흥거운 음악 속에서 환호성을 질렀다.

한편, 차 안에서 난처한 표정을 짓고 있던 이진빈이 물었다.

"어쩌죠? 장난치는 것 같은데."

"어쩌긴."

고개를 절레절레 저은 이도원은 불쑥 차 문을 열어젖혔다. 그는 먼저 내려서 당황한 얼굴을 하고서 앉아 있는 차지은에게 손을 뻗었다.

"고마워요."

손을 맞잡은 차지은이 차에서 내렸다.

윌리엄 잭슨은 혼자 후드티를 입은 이도원의 모습에 개의치 않고 말했다.

"아름다운 파트너를 데려왔군."

이도원은 차지은이 팔짱을 끼도록 팔을 들고 대답했다.

"생각지도 못한 환대네요."

"난 촬영 때만 되면 곤두서지. 그래서 다들 날 고약한 돼지라고 부르며 피한다지만."

농담 섞인 셀프 디스에 곳곳에서 웃음이 터져 나왔다.

윌리엄 잭슨은 시종일관 진지한 표정이었던 현장에서와는 달리 산뜻한 미소를 머금고 청했다.

"그럼 한마디해야지?"

이도원은 사양하지 않았다.

고개를 끄덕인 그는 좌중을 둘러보며 입을 열었다.

"낯익은 얼굴이 생각보다 많이 있군요. 〈하트펑션〉을 무사히 마치고 한자리에 모여서 너무나 기쁩니다. 만약 형편없는 평가를 들었다면 이곳에 오지 않았을 테니까요."

또 한 번 웃음이 터졌다.

윌리엄 잭슨이 능청스레 농담을 곁들였다.

"그랬다면 나도 자네를 초대하지 않았을 거야."

피식 웃은 이도원이 팔짱을 낀 차지은에게 시선을 돌리며 그녀를 몸 쪽으로 바짝 당겼다. 그는 파티를 즐기고 있는 좌중을 향해 목청을 돋웠다.

"모두들 오늘 저녁을 즐겼으면 합니다. 저도 아무 생각 없이 파트너와 보낼 생각이니 방해하지 말아주세요."

말을 마치는 순간 음악 소리가 빵 터졌다.

제 역할을 끝낸 이도원은 인파를 헤치고 나아갔다.

이진빈이 뒤를 바짝 따르며 귓가에 대고 외쳤다.

"정신이 하나도 없네요! 전 파트너도 없고요! 운전하려면 술도 못 먹습니다!"

엄살을 부리는 그에게 이도원이 크게 대답했다.

"파트너가 정해지지 않은 여성들도 많은 것 같은데? 용기 있는 자가 미인을 얻는다! 차는 이곳에 뒀다가 내일 찾아오기만 해! 오늘은 마음껏 즐기고 각자 퇴근하자!"

이진빈은 순식간에 화색을 띠며 어깨춤이라도 출 기세로 대답했다.

"감사해요, 형! 대학 땐 밤마다 출근했던 클럽을 일 시작하고 한 번도 못 가서 얼마나 좀이 쑤셨는지 모릅니다!"

그가 인파 속으로 감쪽같이 사라지자 차지은이 이도원의 귀에 대고 물었다.

"이 매니저, 원래 노는 거 좋아하는 스타일이었어요?"

"그런가봐!"

이도원은 시익 웃으며 덧붙였다.

"난 아니지만!"

같은 시각, 수많은 인파 속에서 두 사람을 유심히 지켜보는 눈이 있었다. 바로 올리비아 왓슨과 메이슨 카메론이었다.

"역시! 도원에게 관심이 있었어?"

메이슨 카메론이 짓궂게 물었다.

올리비아 왓슨은 잔에 든 샴페인을 단숨에 비운 뒤 중얼거렸다.

"분명 오늘 참석하지 않는다고 들었는데."

"설마 나랑 참석하기 전에 도원에게 연락한 건가? 우리가 아무리 친하다지만 내가 다른 여성을 파트너로 모실 기회를 빼앗다니 너무한 것 아니야?"

메이슨 카메론이 충격을 받은 표정으로 물었지만, 올리비아 왓슨은 가볍게 무시했다. 그녀의 시선은 이도원과 차지은에게서 잠시도 떨어지지 않고 있었다.

그 눈길을 쫓은 메이슨 카메론이 고개를 주억거렸다.

"리비, 강적인데?"

그는 차지은을 주의 깊게 보며 말을 이었다.

"역시 도원은 머리부터 발끝까지 완벽해."

"언제부터 그렇게 추종자가 되셨나?"

올리비아 왓슨은 그에게 쏘아붙이고 빨갛게 달아오른 얼굴을 찡그렸다. 입술을 깨문 그녀는 짧은 고민 끝에 휘적휘적 이도원에게 다가갔다.

그 뒷모습을 보며 메이슨 카메론이 고개를 저었다.

"누가 추종자인지 모르겠군, 대체 어쩔 셈이야?"

시끄러운 음악과 곳곳에 배치된 난로 덕분에 사람들은 추위도 잊고 흥겹게 즐길 수 있었다.

이도원과 차지은 역시 실내로 들어가지 않고 야외 바(Bar)에 자리를 잡았다. 두 사람은 샴페인을 기울이며 그동안 뜸했던 대화의 장을 열었다.

먼저 이도원이 그 시작을 알렸다.

"오랜만이네, 더 예뻐졌어."

감미로운 목소리를 듣는 순간 차지은은 심장이 콩닥거렸다. 그녀는 이도원의 반짝이는 눈을 마주 보지 못하고 샴페인 잔을 만지작거리며 시선을 내리깔았다.

"오빠도요. 문자를 자주 해서 그런가, 별로 오래 못 본 것 같지 않은데요?"

괜히 아닌 척 투정을 부리는 티가 났다. 문자밖에 할 수 없는 상황이 내심 서운했던 것이다. 그나마 공항까지 마중을 나와서 파티에 데려온 이도원의 모습을 보며 안심이 되었다.

'혼자만의 감정이 아니었어.'

뛸 듯이 기쁠 줄 알았는데 의외로 눈물이 나려 했다. 마음을 확인하는 순간 긴 짝사랑이 끝났다는 기쁨보다, 앞으로도 지금처럼 독수공방해야 한다는 걱정이 먼저 든 것이다.

"오빠는 너무 바빠요."

운을 뗀 차지은이 말을 이었다.

"물론 다들 그렇죠. 저 역시 스케줄에 치여서 살고 있으니까요. 하지만 오빠 그것과는 달라요."

"어떤 점이?"

이도원은 차분한 눈으로 담담하게 물었다.

그에 할 말을 정리한 차지은이 힘겹게 대답했다.

"연락을 주고받으며 제가 느낀 점은 오빠가 눈앞에 닥친 일 이외의 것은 전혀 신경 쓰지 못할 정도로 바쁘단 거예요."

그녀의 말은 사실이었다.

이도원은 연락을 자주 받지 못할뿐더러 통화를 하려고 하면 바로 잠이 드는 경우가 다반사였다. 반면 차지은으로서는 밤이면 밤마다 기절해버릴 정도로 바쁜 그에게 어떤 말도 꺼낼 수가 없었다.

이도원이 대답하지 않자 그녀가 선수를 쳤다.

"오늘 힘들었던 일, 내가 오빠에게 서운한 점, 아무것도 말할 수 없어요. 그렇잖아도 바쁜 만큼 고된 일정을 보내고 있을 텐데 나까지 피곤하게 만들면 안 되잖아요. 사람 욕심이 끝도 없는가 봐요. 전에는 오빠 마음이 어떤 줄 알면 어떤 문제도 괜찮을 거라고 생각했는데 지금은 너무 힘들어요."

솔직한 심정을 모두 들은 이도원은 입술을 매만지며 생각에 잠겼다. 그가 어떤 말을 해야 할지 혼자 찾아가고 있을 무렵, 갑자기 올리비아 왓슨이 들이닥쳤다.

"도원! 오랜만이에요!"

차지은은 낯선 이에게 침울한 얼굴을 들키지 않으려고 고개를 돌렸다. 이도원은 그 모습을 놓치지 않고 몸으로 그녀를 가려 서며 대답했다.

"미안한데, 지금 중요한 대화 중이라서… 나중에 얘기하죠."

그 말을 들은 올리비아 왓슨은 눈을 치켜떴다. 잠시 고민하는 것처럼 보였던 그녀는 결심한 듯 말했다.

"이번 영화에 대해 할 말이 있어요. 여주인공인 저나, 다른 분들이나."

올리비아 왓슨이 제임스 윌리스 감독이 있는 쪽을 고갯짓했다.

그에 이도원이 물었다.

"중요한 겁니까?"

"네, 충분히."

올리비아 왓슨의 대답을 들은 이도원은 난처해졌다. 차지은과 사적인 용무를 보느냐, 그 시간에 영화에 관한 공무를 보느냐, 둘 중 하나를 선택해야 하는 상황에 처한 것이다. 전 같으면 일말의 고민도 하지 않았을 문제였지만 지금은 달랐다. 해서 이도원은 고민 끝에 올리비아 왓슨에게 말했다.

"잠시 후 가겠습니다."

고개를 끄덕인 올리비아 왓슨이 멀찍이 떨어져 있는 제임스 윌리스 감독에게로 먼저 갔다. 꾹 쥐고 있는 그녀의 주먹을 발견하지 못한 채, 이도원은 차지은에게로 고개를 돌렸다.

　"너도 들었다시피 지금은 가봐야 할 것 같아. 자세한 이야기는 호텔에서 하자. 너한테도 도움이 되는 자리니까 중요한 얘기 마치고 부를게. 잠깐 여기 있어."

　차지은은 순간적으로 어두웠던 낯빛을 거두며 밝은 척 답했다.

　"알겠어요, 오빠. 괜찮아요."

　그에 이도원이 그녀의 어깨를 두드려주고 올리비아 왓슨과 제임스 윌리스, 그리고 이번 영화의 관계자들이 둘러서 있는 곳으로 갔다.

　"오! 주인공이 왔군."

　제임스 윌리스 감독이 이도원의 어깨에 팔을 두르며 친근하게 말했다.

　"그런데 표정이 왜 이리 어둡지?"

　이도원은 표정을 풀며 고개를 저었다.

　"아무 일 아닙니다."

　대답하면서도 그는 차지은이 있는 쪽을 보았다.

　후드를 뒤집어쓴 그녀가 쓸쓸히 앉아 있었다.

　대화가 오가는 중에도, 이도원은 신경이 분산돼 내용이 귀에 들어오지 않았다.

"죄송하지만."

한 영화 관계자의 말을 자른 이도원은 정중하게 양해를 구했다.

"전 이만 실례해도 될까요? 제 파트너가 혼자라서 말입니다."

말투는 정중했으나 그는 일부러 진지한 표정을 짓지 않았다. 그 때문인지 받아들이는 쪽도 큰일로 받아들이지 않고 선뜻 대답했다.

"오늘 같은 날 파트너를 혼자 두면 안 되지!"

말이 잘린 영화 관계자가 말했다.

그에 제임스 윌리스 감독 또한 동조했다.

"그럼, 괜찮다면 우리에게도 소개해주지 않겠나?"

이쯤 되자 이도원은 상황을 대강 유추할 수 있었다. 이 자리에서 오간 이야기 중 진지한 내용은 없었다. 애초에 '중요한 이야기'는 없었던 것이다.

'왜?'

그는 올리비아 왓슨을 보았다.

그녀는 복잡한 표정으로 서 있었다.

이윽고 이도원은 확신할 수 있었다.

'날 싫어하거나, 아니면 날 좋아하거나.'

어떤 경우든 그로서는 불편한 관계였다. 자존심이 하늘을 찌르는 과반수의 할리우드 여배우들은 욕심나는 것을 모두 가지려 한다. 그 정도의 열망이 없었다면 그 자리까지 올라갈 수 없었을 것이다. 여기서 문제는, 끝끝내 갖지 못했을 때의 반발심이었다.

'골치 아파지겠어.'

이도원은 생각만 해도 머리가 지끈거렸지만 굳이 이 자리에서 대응하지 않았다. 그는 관계자들에게 살짝 고개를 숙이며 양해를 구한 뒤 차지은에게로 다가가려 했다. 그리고 그 순간, 한 남자가 접근하는 장면이 목격됐다.

"왜 혼자 있는지 알 수 없군요."

왼쪽 쌍꺼풀도 크게 풀려 있는 것이 종종 영화에서 보았던 약쟁이와 흡사했다.

따라서 차지은은 겁이 덜컥 났다.

'마약?'

한편 남자는 유심히 보지 않으면 알 수 없는 정도의 약을 한 상태였다. 뉴욕 롱아일랜드는 마약이 불법이었으나, 그럼에도 서폭카운티와 나소카운티를 드나들며 거래를 하는 마약상이 다수 있었다. 그리고 남자는 그런 마약상을 이용하는 등 위험한 행동을 즐겨 하는 편이었다.

"겁먹을 것 없습니다. 난 당신을 구제하러 온 백기사니까요."

남자의 말투가 어눌했다.

차지은은 갈수록 불안감이 커졌다. 그녀는 눈을 마주치지 않으려 애쓰며 대답했다.

"실례지만 일행이 있습니다."

"그런데 왜 혼자죠?"

집요하게 물은 남자가 헛웃음을 뱉으며 말을 이었다.

"하, 저곳에서 꽤 오래 지켜봤습니다. 시간이 지나도 당신의 파트너는 나타나지 않더군요. 길을 찾지 못하는 덜떨어진 자식이거나, 요 근래에 많이 벌어지는 실종 사건에 휘말린 것 아닐까요?"

그때 불쑥 끼어든 이도원이 차지은의 후드를 벗기며 말했다.

"모자를 뒤집어쓰고 있어서 못 봤잖아."

그는 차분하게 남자에게로 시선을 돌리며 물었다.

"제 파트너에게 무슨 용무시죠?"

"아아."

남자는 시야의 초점이 잘 맞지 않는지 고개를 기울이며 불쾌한 표정을 드러냈다.

"중간에 와서 이도원 씨, 당신의 파트너인지 미처 몰랐소. 근래 굉장한 인기를 누리시던데… 축하합니다."

남자는 어미를 길게 늘어트리며 비꼬듯 말했다. 그는 혀로 입술을 축이고 샴페인을 단숨에 비웠다. 문제는 차지은을 노골적인 시선으로 바라보고 있다는 점이었다.

"오빠, 가요."

차지은의 목소리에 이도원은 정신을 번뜩 차렸다. 평소 쉽게 화를 내지 않는 이성적인 성격이었지만 남자의 모습은 심히 도발적이었던 것이다.

'일부러 날 자극하고 있다.'

이도원은 남자를 알고 있었다.

이름은 앤드류 밀러. 스물여덟 살에 벌써 두 번의 이혼 경험이 있을 만큼 여성 편력이 심했지만 세계 최고의 톱스타 중 하나였다. 그런 인물이 굳이 이도원에게 시비를 건다면 이유는 하나뿐이었다. 차지은이 마음에 들었고, 그와 비례해서 그녀의 파트너인 이도원을 불쾌하게 생각한다는 것.

그때 불쑥 한 사람이 더 난입했다.

"참게, 저 친구는 안하무인에 욕심이 많으니까."

그는 바로 윌리엄 잭슨이었다.

이도원 앞으로 거구를 들이민 그가 앤드류 밀러에게 말했다.

"자네가 무슨 생각을 하든지 간에 내 파티를 망치는 건 용납할 수 없네. 절대 용서할 수 없어. 그러니 어서 나가게."

나직한 경고를 들은 앤드류 밀러는 흥이 깼다는 표정으로 바에서 일어나며 대답했다.

"아무렴. 난 친구의 말을 존중하지. 하지만 날 초대하지 않은 건 유감이야."

"알아듣기 힘든 소리는 그만하고 얼른 나가줬으면 좋겠어. 난 내 파티가 섹스와 마약으로 얼룩지길 바라지 않으니까."

어깨를 으쓱인 앤드류 밀러가 자리를 떴다.

그 뒷모습을 보며 윌리엄 잭슨이 외쳤다.

"그리고 앤드류!"

앤드류 밀러가 뒤돌아보았다.

그를 빤히 응시하던 윌리엄 잭슨은 이죽거리는 표정으로 조롱을 덧붙였다.

"자네가 지금 촬영하고 있는 영화, 제임스 윌리스 감독의 이번 작품과 경쟁 작이라고 들었네. 게다가 같은 장르라면 주연 배우의 연기력도 비교가 되겠지. 난 도원이 자네의 자존심을 꺾어줄 수 있으리라고 생각해. 그러니 더는 장외 싸움 말고, 장내에서 싸우라고."

피식 웃은 앤드류 밀러가 그를 손가락질하며 말했다.

"머리 잘 썼어. 그러면 내가 이도원을 건드리지 않을 거란 사실을 알고 한 말이겠지? 자네 수작은 받아들이지. 축하한다, 돼지."

이도원이 눈살을 찌푸렸다.

반면 윌리엄 잭슨은 고개를 저으며 그를 말렸다.

　"나도 한성질 하지만 저 꼴통은 건드리지 않는다. 할리우드의 악동이라는 별명이 괜히 생긴 게 아니야. 원래 저런 이미지로 각인된 놈이라서 손해 볼 게 없다지만, 괜히 엮일 필요도 없지."

『연기의 신』 7권에 계속…

# 초대형 24시 만화방

신간 100%, 샤워실, 흡연실, 수면실(침대석), 커플석, 세탁기 완비

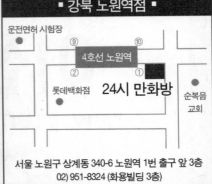
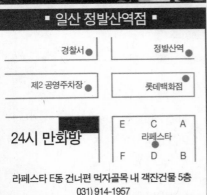
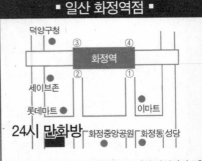
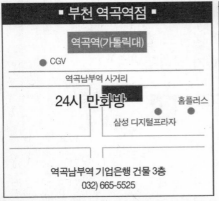
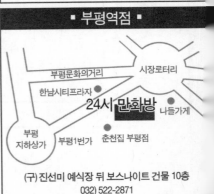

박선우 장편소설
FUSION FANTASTIC STORY

*Wonderful*
*Life*

# 멋진 인생

태어나며 손에 쥔 것이라고는 가난뿐.

그러나 내게는 온몸을 불사를 열정과
목숨처럼 소중한 사랑이 있었다.

## 『멋진 인생』

모두가 우러러보는 최고의 직장이자 가장 치열한 전쟁터,
천하그룹!

승진에 삶을 바친 야수들의 세계에서 우뚝 서게 되는
박강호의 치열하지만 낭만적인 이야기!

Book Publishing CHUNGEORAM

유행이 아닌 자유추구
WWW.chungeoram.com

강준현 장편소설
FUSION FANTASTIC STORY

인생을
바꿔라

『복수의 길』, 『개척자』 강준현 작가의
## 2016년 신작!

자신이 무엇인지 알지 못하는 정신체, 염.
세상을 떠돌며 사람의 몸속으로 들어가
에너지를 얻고 나오길 반복하던 어느 날.

사고로 인한 하반신 마비, 애인의 이별 선언.
삶에 지쳐 자살하려는 김철의 몸에 들어가게 되는데……

"뭐, 뭐야! 아직도 못 벗어났단 말이야?"

새로운 삶을 살리라,
정처 없이 떠돌던 그의 인생 개척이 시작된다!

"어떤 삶인지 궁금하다고? 그럼 한번 따라와 봐."

궁 극 의

Ultimate
chef

쉐 프

가프 장편소설

FUSION FANTASTIC STORY

태초의 우물에서 찾은 사막의 기적.
사람의 식성과 식욕을 색으로 읽어내는 능력은
요리의 차원을 한 단계 드높인다.

『궁극의 쉐프』

요리란!
접시 위에 자신의 모든 것을 담아내는 것.

쉐프란!
그 요리에 자신의 가치를 증명하는 사람.

"요리 하나로 사람의 운명도 좌우할 수 있습니다."

혀를 위한 요리가 아닌, 마음을 돌보는 요리를 꿈꾸는
궁극의 쉐프 손장태의 여정이 시작된다!

Book Publishing CHUNGEORAM

철순 장편소설
FUSION FANTASTIC STORY

# 괴물
# 포식자

지구 곳곳에 나타난 차원의 균열.
그것은 인류에게 종말을 고하는 신호탄이었다.

## 『괴물 포식자』

괴물을 먹어치우며 성장한 지구 최강의 사내, 신혁돈.
그는 자신의 힘을 두려워한 인류에 의해
인류의 배신자라는 낙인이 찍히고 죽게 되는데…

[잠식이 100%에 달했습니다.]
[히든 피스! 잠들어 있던 피닉스의 심장이 깨어납니다.]

불사의 괴물, 피닉스의 심장은
신혁돈을 15년 전으로 회귀하게 한다.

**먹어라! 그리고 강해져라!**
**괴물 포식자 신혁돈의 전설이 시작된다!**

Book Publishing CHUNGEORAM